# ENGEL LIEBEN TÖDLICH

Margherite Saiko

# ENGEL LIEBEN TÖDLICH

Roman

LESANI
MEDIENVERLAG

Rheinfährstr. 201
41468 Neuss
Tel. 0 21 31 / 34 94-0
Fax 0 21 31 / 34 94-99
Internet: http://www.Lesani.de
e-Mail: Info@Lesani.de

Die Deutsche Bibliothek – CIP-Einheitsaufnahme

Margherite Saiko
Engel lieben tödlich
Neuss: LESANI Medienverlag, 1997
ISBN: 3-9805045-1-4



10 9 8 7 6 5 4 3 2 1
99 98 97


Rheinfährstr. 201, 41468 Neuss

ISBN: 3-9805045-1-4

Umschlagdesign: Jürgen Klarmann, Neuss
Projektleitung: Detlef Poppenborg, Krefeld
Satz: Reemers EDV-Satz, Krefeld
Druck: Bercker Graphischer Betrieb, Kevelaer

Printed in Germany

Für meine Kinder
und
meine Mutter

# 1

Die knorrige, alte Eiche am Straßenrand hatte in ihrem langen Baumleben eine ganze Menge an Widrigkeiten ertragen müssen, und man durfte sich eigentlich wundern, daß sie zu so einem mächtigen Baumriesen im Laufe der Jahrzehnte gediehen war.

Stürme hatten an ihrem Laub gerüttelt, die Sonne hatte unbarmherzig auf die Äste gebrannt, und die kalten Jahreszeiten hatten sich gnadenlos an ihren Wurzeln und Knospen ausgetobt. Und da die alte Eiche starrsinnig an einer scharfen Rechtskurve der schmalen Landstraße stand, mußte sie es gelegentlich auch in Kauf nehmen, daß ein voreiliges Auto an ihrem mächtigen Stamm zerbeulte und sich in ihre Rinde fraß.

An jenem Tag hatte es einen flotten, kleinen Sportflitzer erwischt, der mit voller Wucht und ungebremst an den Stamm knallte, bevor er auf die Seite kippte. Die Räder des Wagens drehten sich noch eine ganze Weile in der Luft, und kleine Rauchwölkchen kräuselten sich verlegen aus den Wrackteilen empor.

Ein paar Meter vom Auto, oder besser gesagt, von dem, was noch davon übrig war, entfernt, lag mitten in der Wiese eine seltsam verkrümmte Frauengestalt. Ihr blondes Haar war übel zerzaust, und ihre grünen Augen starrten den Betrachter schlimmer an als die eines Ochsenfrosches.

Wie konnte ein menschliches Wesen einen nur so durchdringend und unheimlich anstarren?

Ich wandte meinen Blick ab und schauderte. Instinktiv spürte ich, daß so nur der Blick eines Toten aussehen konnte. Entsetzlich! Wieder so ein grauenvoller Autounfall!

Die Frau schien noch nicht besonders alt gewesen zu sein. Vielleicht Mitte Vierzig, und hübsch war sie auch, wenn man mal ihren Ochsenfrosch-Blick vergaß!

Am Straßenrand hielt plötzlich ein Lastwagen, und ein hemdsärmeliger Kerl kam fluchend die Böschung heruntergerannt. »Scheiße!« murmelte er, und sein krebsrotes, schwitziges Gesicht wurde noch röter.

»Scheiße, die Alte ist tot!« japste er atemlos und griff nach ihrem Armgelenk, um ihren Puls zu fühlen.

Kopfschüttelnd drückte er ihr die Augen zu, und nun beobachtete ich auch wieder interessiert das Geschehen, nachdem ich den Ochsenfroschblick nicht mehr ertragen mußte.

Der Fernfahrer schüttelte noch einmal den Kopf und ging dann zu seinem Lastwagen, um mit seinem Funkgerät Hilfe herbeizuholen. Nachdem er seine Pflicht getan hatte, holte er sich aus dem Wagen eine Dose Bier und öffnete sie, um einen kräftigen Schluck zu sich zu nehmen.

Ich hatte plötzlich das Gefühl, aus einem Alptraum zu erwachen, und empfand das dringende Bedürfnis, mich abzulenken und zu beruhigen.

Der Mann schien von einer derben und ungenierten Art zu sein, denn gerade, als ich vor ihm stand, rülpste er wie ein überfressenes Mastschwein und drehte mir unhöflich den Rücken zu. Ohne die geringste Rücksichtnahme öffnete er seinen Hosenstall und pinkelte gegen den Vorderreifen seines Lastwagens.

Mir blieb vor Empörung die Luft weg. Ich war bestimmt kein Snob oder gar eine pingelige Zicke! Aber was zu weit ging, ging zu weit.

»Sagen Sie mal, mein Guter, haben Sie denn überhaupt keinen Anstand? Da unten liegt eine Frau, die gerade unter entsetzlichen Umständen gestorben ist, und ich bin schließlich eine Dame! Können Sie Ihre Notdurft nicht etwas unauffälliger verrichten?« fragte ich mit überschnappender Stimme.

Der Kerl schien auch noch taub zu sein, denn er drehte sich schweigend um und steckte sich genüßlich eine Zigarette an, ohne mich auch nur im geringsten zu beachten.

Ich geriet bei soviel Taktlosigkeit vollkommen aus der Fassung und beschloß, ihm gehörig die Meinung zu sagen.

»Lieber Herr, könnte ich freundlicherweise von Ihnen eine Zigarette bekommen? Ich bin mit den Nerven vollkommen am Ende. Feuer, wenn Sie hätten, wäre ganz besonders zuvorkommend.«

Ich lächelte mein süßestes Lächeln mit dem Erfolg, daß der Typ wortlos in sein Fahrerhaus stieg und mit einem lauten Knall die Wagentür zuschlug.

Für einen Moment schloß ich die Augen und war mir sicher, gerade einen meiner geschmacklosesten Alpträume zu haben.

Dieser ungehobelte Mensch konnte in keiner Realität existieren, und wenn ich meine Augen wieder öffnete, lag ich bestimmt in meinem bequemen Bett und rieb mir verwundert die Augen.

Aber ich hatte Pech.

Der Lastwagen mit seinem Ungeheuer von Fahrer stand immer noch da, und die Leiche mit dem Autowrack war ebenfalls nicht zu übersehen.

Das Vernünftigste war anscheinend, nicht die Nerven zu verlieren und auf die Polizei zu warten, um eventuell als Zeugin zur Verfügung stehen zu können, und bei dieser Gelegenheit würde ich die Beamten um die langersehnte Zigarette bitten, falls einer der Herren Raucher war, was ich inständig hoffte. Ich ging zögernd noch einmal zur Unfallstelle, und das häßliche Bild paßte so gar nicht in den strahlend schönen Sommertag.

Der Wagen lag in einer blühenden Blumenwiese, und die Tote war auf den ersten Blick im hohen Gras nicht zu sehen.

Und da lag sie dann vor mir – ganz plötzlich und unerwartet.

Sie sah mit den geschlossenen Augen aus, als ob sie friedlich schliefe.

Ihr Haar war von einem aparten Rotblond, genau wie meine Haare auch.

Sie trug ein schneeweißes, damenhaftes Kostüm, das allerdings durch mehrere Blutflecke ruiniert worden war.

Genau so ein Kostüm besaß ich auch. Seltsam.

Einen Schuh hatte sie beim Unfall verloren, der andere saß noch an ihrem Fuß. Eine weiße Sandalette von höchster Eleganz. Bestimmt Modell Rigatini aus Mailand. Sündhaft teuer, aber eben das gewisse Etwas.

Ich konnte das blind erkennen, nachdem ich doch genau das gleiche Paar besaß.

An ihrer rechten Hand saß ein schlichter Ehering, über den sie einen edlen Brillantring gezogen hatte.

Die Frau schien mich wohl zu Lebzeiten kopiert zu haben!

Ich sah auf meine rechte Hand, sah auf meine Füße herab und griff nach meinen Kleidern.

Ein bestialisches Grauen kroch urplötzlich durch meine Adern, und meine Haare stellten sich regelrecht zu Berge auf.

Ich schloß die Augen und holte tief Luft. Und dann schrie ich aus Leibeskräften wie eine Wahnsinnige los. Ich schrie und schrie, aber das Grauen packte mich immer mehr.

# 2

Während ich schrie, spürte ich plötzlich einen magnetischen Sog, und ich drehte mich um meine eigene Achse immer schneller und schneller.

Plötzlich war alles zu Ende. Das Schreien, der Sog und die Angst. Wohlige Wärme umgab mich, und ich sah durch meine geschlossenen Augenlider ein wunderbares Licht.

Eine fremde Energie strich um mich herum und forderte mich auf, die Augen zu öffnen, ohne daß sie dabei ein Wort an mich gerichtet hätte, das ich hätte hören können.

Ich konnte einfach fühlen, was man mir mitteilen wollte. Anscheinend war ich in einer anderen Zeit oder Welt gelandet. Ich war mir noch nicht im klaren darüber, aber ich spürte, daß jetzt alles gut war.

Und ich öffnete neugierig meine Augen.

Lauter freundliche Wesen aus purer Energie umgaben mich und begrüßten mich mit lieben Worten.

Sie erklärten mir, daß ich es geschafft hätte, das Schlimmste hinter mich zu bringen, was ein Mensch durchzumachen habe.

Ich war soeben bei einem Autounfall gestorben.

Die Leiche im Gras war niemand anderer gewesen als ich selbst. Anscheinend tat sich der Geist schwer, seinen Körper im Stich zu lassen, und daher sei meine Angst gekommen.

Ich verstand plötzlich.

Ich selbst war nicht gestorben, und deshalb schwand meine Angst von Minute zu Minute mehr. Ich konnte immer noch in alter Weise denken und fühlen.

Mein alternder Körper hatte den Genickbruch nicht überlebt, und das war auch schon alles gewesen.

Mich selbst gab es immer noch. Ich konnte denken, Freude empfinden, Wärme fühlen und mich an mein altes Leben minutiös erinnern.

Das Denken meiner Mutter schwebte plötzlich neben mir und hüllte mich in einen Mantel voller Verständnis und Liebe.

Sie war gestorben, als ich gerade vier Wochen verheiratet gewesen war, und ich hatte es immer bedauert, daß sie ihre Enkelkinder nie gesehen hatte.

»Mein liebes Kind, nun hast du alles überstanden. Ich freue mich so sehr, daß wir wieder zusammen sind«, übermittelte sie mir.

»Mama, wo sind wir hier? Wir sind doch tot! Oder nicht?« fragte ich immer noch verwirrt und unsicher.

Meine Mutter leuchtete mich an wie das Licht der Morgensonne und umspielte mich dabei liebevoll.

»Mein liebes Kind. Du hast einigermaßen anständig gelebt und, na ja...«, dabei hörte ich ihr belustigtes Kichern, während sie weitersprach, »ich habe dich ja auch nicht schlecht erzogen, und deshalb hat die Höhere Macht beschlossen, dich in den Club der Engel aufzunehmen«, erklärte sie mit melodischer Stimme.

»Der Club der Engel?« fragte ich irritiert.

Meine Mutter leuchtete mich wieder an.

»Das sind die Menschen, die es auf gar keinen Fall verdient haben, zu Satan abkommandiert zu werden und dort die schrecklichsten Qualen aushalten zu müssen.«

Ich verstand. Himmel und Hölle. Ich war also in der Etage der Braven gelandet. Wenigstens etwas.

Ich wollte mir erst gar nicht vorstellen, wie es im Kellergeschoß des Jenseits aussah.

Kohlen, Feuer, Gejaule und der gehörnte Luzifer als Meister. Grauenvoll!

Viele freundliche Geistwesen, die ich von früher gekannt hatte und die alle auf der Erde auf dem Friedhof lagen, schwebten freudig auf mich zu und begrüßten mich liebevoll, und jeder wußte, ohne daß ich es hätte erzählen müssen, auf welche Art ich zu ihnen gestoßen war.

Aber keiner bedauerte es, sondern sie freuten sich, daß ich nun mit ihnen im großen Geheimnis lebte.

Plötzlich war meine Mutter wieder neben mir und deutete auf einen funkelnden und gleißenden Lichtkegel, der immer näher kam. Herrliche Musik erfüllte mich, und wieder strömte von überall her diese unbeschreibliche Wärme.

Das große Licht umhüllte mich vollkommen, und liebevolle Gedanken fragten mich, ob es mir gut gehe.

Ich spürte, das war *das* Höhere Wesen, an das ich zu Lebzeiten manchmal nur schwer hatte glauben können.

Das Wesen lachte mich freundlich an und zog mich mit diesem unerklärlichen Magnetismus mit sich.

Ich konnte wie aus einem Flugzeug die Erde betrachten, und wir kamen zu meiner Stadt, in der ich mit meiner Familie gelebt hatte, und plötzlich waren wir wieder da, wo alles geendet und gleichzeitig begonnen hatte.

Wir schwebten über meiner Leiche, um die sich inzwischen viele Leute versammelt hatten.

»Du brauchst nicht zu erschrecken«, sagte das Wesen.

»Du hast alles überstanden, und dein neues Sein wird aus Ewigkeit, Glück und Liebe bestehen.«

Ich sah zweifelnd meinen toten Körper an und fühlte mich in meinem neuen Schwebezustand erheblich wohler.

Neugierig sah ich mich um und sah plötzlich *ihn*.

Mein tapferer Ehemann stand gramgebeugt an meinem toten Körper und identifizierte mich unter heftigem Schluchzen.

Der Ärmste konnte ja nicht ahnen, daß wir uns einmal wiedersehen würden.

Warum hatte ich nicht zu Lebzeiten versucht, ihm seinen verdammten Atheismus auszutreiben?

Nun mußte er sich als zurückgebliebener Witwer mit seiner nüchternen Hoffnungslosigkeit abquälen und das Wissen verarbeiten, daß ich nie mehr wiederkommen würde, um ihm seine Wärmflasche zu machen oder seinen Käsekuchen zu backen.

Ich bedauerte ihn aufrichtig.

Das große Wesen, das die ganze Zeit geschwiegen hatte, sagte mir in seinem allumfassenden Wissen, daß es meine Wünsche übrigens fühlen könne.

»Du möchtest wohl gerne noch einmal zu deinen Lieben zurückkehren können?« fragte es mit seiner gütigen Stimme.

Etwas traurig gab ich meinen Wunsch zu. Der Gedanke, so plötzlich von meiner Familie getrennt zu sein, tat mir doch empfindlich weh.

Wieder umspülte mich wohltuende, verstehende Wärme.

»Du hast ein gutes Leben geführt, und ich habe immer deine Bescheidenheit gemocht. Außerdem ist die Sache mit deinem Tod nicht ganz in Ordnung gewesen. Aber das sollst du selbst herausbekommen und erledigen. Ich schenke dir ein irdisches Jahr Zeit, um all die Dinge ordnen zu können, die du noch auf dem Herzen hast. Allerdings bist du während deines gesamten Erdenaufenthaltes ein unsichtbares

Geistwesen. Aber du hast die Kraft, wie ein normaler Mensch Dinge tragen, formen und anfassen zu können. Dreimal schenke ich dir die Gabe, dich für eine Minute sichtbar machen zu können. Nach Ablauf des vollen Jahres kommst du in die Ewigkeit zurück, unwiderruflich. So eine Sonderregelung kommt nicht allen Verstorbenen zugute, meine Liebe. Also nutze deine Chance.«

Plötzlich war das Licht verschwunden, und die wunderbare Wärme wich der lauen Sommerbrise eines ganz normalen Erdentages.

Ich konnte mein Glück nicht fassen.

Wenn man mich auch nicht sehen konnte, so hatte ich doch die Möglichkeit, noch genügend Zeit unter meinen lieben Angehörigen verweilen zu können und ihr Tun und Treiben zu begutachten.

Zuallererst würde ich bei meinen beiden Kindern nach dem Rechten sehen, und mein lieber Ehemann bedurfte ebenfalls meiner Fürsorge.

Und jedem von den dreien konnte ich zum Abschied eine Minute lang erscheinen und Lebewohl sagen.

Am schönsten war für mich, das belastende Gefühl der Angst vor dem Sterben losgeworden zu sein.

Das hatte ich im Gegensatz zu den anderen Menschen hinter mir. Mein Leben bestand nun aus Schweben, Geistern und daraus, mich an jeden beliebigen Ort hindenken zu können.

So schwebte ich vergnügt und ohne Schrecken über den Unfallort und war froh, als die Sanitäter meinen leblosen Körper endlich in einen Alubehälter legten und in den Leichenwagen schoben.

Mein Gott, wie himmlisch, ich würde meine eigene Beerdigung miterleben und mich an der endlosen Trauer meiner Sippe weiden können.

# 3

Da stand nun also der wuchtige, alte Baum, und unter ihm kauerten die Reste dessen, was einmal mein Auto gewesen war. Sein dichtes, grünes Blätterdach glotzte ungerührt auf den Schrotthaufen, der qualmend an seinem wuchtigen Stamm klebte und vor dem Aufprall ein chromblitzendes Cabrio gewesen sein mußte. Zwei der Wagenräder drehten sich noch in der Luft, und kleine Rauchfähnchen kräuselten sich zwischen den Wrackteilen verstohlen empor.

Ich mußte mir erst einmal kräftig die Augen reiben, um zu begreifen, was passiert war.

Gerade eben noch war ich in bester Laune mit meinem Sportwagen die romantische Landstraße nach Hause gefahren und hatte genossen, daß der Wagen so zügig den steilen Ziegelberg hochschoß.

Jahrelang hatte Edwin mir zum Hochzeitstag die unvermeidlichen Perlenketten und Brillanten zukommen lassen, und ich bemühte mich stets, erfreut und dankbar zu sein.

Aber irgendwann hing mir der ganze Klunker zum Halse heraus, und so war ich mehr als überrascht, als meine bessere Hälfte mir zur Silberhochzeit erwartungsvoll einen Schlüssel in die Hand drückte und mich dämlich angrinste.

»Liebes, du kommst nie darauf, was ich dir zum Hochzeitstag schenken werde«, orakelte er geheimnisvoll.

Dieser Idiot mit seiner Selbstgefälligkeit!

Ein Haus hatten wir schon und ein Appartement in der Toskana und der Schweiz ebenfalls. Dafür konnte der Schlüssel also wohl kaum sein.

Ein Auto besaß ich als gutsituierte Unternehmersgattin ebenfalls, und für was sonst hätte man wohl einen Schlüssel gebraucht?

Edwin küßte mich mit seinem gesammelten Lebemanncharme auf die Nasenspitze und schob mich in Richtung Haustür.

»Du kleines Dummchen!« säuselte er honigsüß.

»Was für eine Sorte von Schlüssel habe ich dir da wohl gerade in die Hand gedrückt?«

Ich starrte ihn an, ich starrte den Schlüssel an, und dann machte ich wohl mein dümmstes »Dumme Kuh«-Gesicht, das er in fünfundzwanzig Jahren Ehe zu sehen bekommen hatte.

»Edwin, kann es sein, daß du mir ein Auto gekauft hast?« fragte ich vorsichtig und musterte ihn mißtrauisch.

Er war in unserer langen Ehe wie ein Hefekuchen gediehen, denn ich hatte ihn gehegt und gepflegt wie ein Gärtner seine Hecke.

Edwin war nicht gerade ein Bilderbuch-Ehemann gewesen, aber er hatte das unwiderstehliche Talent, viel Geld zu verdienen und einen großzügigen Anteil seiner Ehefrau zur Verfügung zu stellen.

Mein Mann musterte mich spöttisch mit diesem Blick, den ich so an ihm haßte.

»Mein Dummchen, aber natürlich habe ich dir ein wunderschönes Auto gekauft. Ich dachte, es wird dich freuen. Jetzt, wo die Kinder aus dem Haus sind und du öfter verreisen kannst, brauchst du ein elegantes und schnelles Fahrzeug. Dein Caravan ist doch mehr was für Einkaufsfahrten.«

Während er redete, schob er mich zur Haustür hinaus in Richtung Garage.

Und da stand es dann.

Feuerrot und blitzend sah es mich angriffslustig an, und seine weißen Sportreifen warteten förmlich darauf, quietschend die Auffahrt hinabzurasen.

Erwartungsvoll sah mich Edwin an, und ich fiel ihm zu Tränen gerührt um den Hals.

»Edi, es ist ein Traumwagen. Du hast ja ein Vermögen für mich investiert«, schluchzte ich fassungslos.

Edwin, der einen guten Kopf größer war als ich, tätschelte gönnerhaft meine mühselig gelegten Locken und öffnete mir den Wagenschlag.

»Du hast dir nur das Beste verdient, mein Liebling. Komm, probier ihn gleich mal aus.«

Ich stieg zitternd ein, und als ich in den Lederpolstern saß und das Mahagonilenkrad in den Händen hielt, fühlte ich mich nicht mehr wie eine alte Ehefrau, sondern wie ein Filmstar auf dem Hollywood-Boulevard.

Glücklich lächelte ich zu meinem Gatten hinüber und verzieh ihm auf der Stelle alle gesammelten Untaten, die er im Laufe unserer Ehe abgeliefert hatte.

Nicht, daß ich ein käuflicher Mensch gewesen wäre, aber nicht jede Frau bekam von ihrem Mann zur Silberhochzeit so ein Prachtstück von Auto geschenkt. Wenn ich da an die armen Leidensgenossinnen dachte, die man an sämtlichen Ehrentagen mit allen erdenklichen Weltneuheiten an Mixern, Quirlern und Staubsaugern beehrte, dann war ich von meiner besseren Hälfte nun wirklich königlich bedacht worden.

Da konnte ich ruhig beide Augen zudrücken und die Affären mit Ella, Nicole, der naiven kleinen Lilli und wie sie alle sonst noch hießen, vergessen.

Selbstredend bot er den Kindern und mir jede Annehmlichkeit. Hätte ich mir den Kensington-Palast gewünscht, er hätte ohne mit der Wimper zu zucken die Queen an die Luft gesetzt.

Da konnte ich nicht erwarten, daß er noch Zeit fand, mit den Kindern zu spielen oder mit ihnen zum Zahnarzt zu rennen.

Edwin interessierte sich auch kaum für diejenigen Dinge des Lebens, die für mich von Belang waren.

Wir hatten uns auf dem Abschlußball der Universität kennengelernt, und nachdem er sein Juraexamen in der Tasche hatte, schwängerte er mich, und ich brach mein Sprachenstudium ab. Unsere Tochter Julia wurde geboren und zwei Jahre später Alexander, unser Stammhalter.

Edwin arbeitete unermüdlich und verbissen an seiner Karriere und baute so mit der Zeit eine florierende Anwaltskanzlei auf.

Er schien zufrieden damit zu sein, daß ich sicherlich eine hübsche Person war und meine Hausfrauen- und Mutterpflichten tadellos erledigte.

So rannen die Jahre dahin, und ich sah meinen Lebenssinn in Kindererziehung und dem Repräsentieren an der Seite meines Mannes.

Unsere Tochter mauserte sich zu einer bildhübschen jungen Frau, und ihre moderne, rebellische Art gefiel mir besonders.

Irgendwie war sie mir weit voraus.

Ich wollte eigentlich Dolmetscherin werden, bevor ich Edwin kennenlernte, und mir die Welt anschauen, bevor ich ans Heiraten dachte.

Doch dann war eben alles anders gekommen.

»Weißt du, Mamilein, ich würde sterben, wenn ich wie du leben müßte«, pflegte Julia zu sagen. »Papi ist doch ein ekelhafter Spießer. Wenn wir ihn ohne seine Scheckkarten und seinen Golfschläger auf eine einsame Insel setzen, stirbt er an Langeweile und Verzweiflung. Wie kannst du das nur aushalten? Dauernd läßt er dich alleine, und wenn er zu Hause ist, umgarnst du ihn wie eine unterwürfige Geisha«, konterte sie.

Sie hatte ja recht, aber ich hatte mich einfach abgefunden mit dem Alltagseinerlei und versuchte, mir mein Leben so angenehm wie möglich zu gestalten.

»Julia, sicher hat Papa seine Fehler. Aber er hat immer gut für uns gesorgt, und außerdem ist eine Scheidung kein Thema für mich. Dafür ist es einfach schon zu spät«, entgegnete ich meist auf ihre Einwendungen.

Meine hübsche Tochter sah mich dann mitleidig an und zuckte mit den Achseln.

Sie ahnte oft nicht, welche Zweifel und Verstimmungen ihre Worte bei mir auslösten. Aber anscheinend ging es mir wohl zu gut, um noch irgend etwas in meinem Leben zu verändern.

Edwin hatte sich wirklich die größte Mühe gegeben, mir zur Silberhochzeit eine Freude zu bereiten.

Auf seine Art wollte er mir damit seine Verbundenheit demonstrieren, und ich freute mich auch wirklich.

Geduldig fuhr er mit mir mehrere Runden um die Häuserblocks und erklärte mir bis ins kleinste alle Details am Wagen.

Ich mußte höllisch aufpassen, denn der Wagen reagierte wie die Feuerwehr, und beim kleinsten Kick auf das Gaspedal beschleunigte er wie eine Rakete.

Edwin tätschelte wohlwollend mein Knie.

»Liebes, du bist eine gute Fahrerin, deshalb habe ich auch in einen solchen Wagen investiert.

So, jetzt fahr uns wieder nach Hause. Ich hatte einen anstrengenden Tag und bin sehr müde«, wiegelte er ab.

Ich nickte stolz und lenkte mein neues Auto strahlend und glücklich in unsere Straße.

# 4

Am Tag unserer Silberhochzeit hatten wir das Haus voller Gäste, wovon die meisten Edwins Geschäftsfreunde waren.

Er hatte es wieder einmal verstanden, das Angenehme mit dem Nützlichen zu verbinden.

Ich wollte eigentlich eine kleine Familienfeier haben und danach mit meinem Mann ein paar Tage verreisen.

Aber Edwin hatte wie immer seine Ausreden, wenn er davor kneifen wollte, mit mir allein zu sein.

Also organisierte ich den Partyservice, verschickte Karten mit Einladungen, ließ das Haus auf Hochglanz bringen und versuchte, die Kinder zur Anreise zu bewegen.

Julia steckte mitten im Examen und war gerade in eine aufregende Liebesaffäre verwickelt, und so sagte sie nur widerwillig der Feier zu.

Alexander, der mit einer erfrischend natürlichen Studentin zusammenlebte, kam selbstverständlich gerne, als ich ihm einen Zuschuß für seinen neuen Hausstand versprach.

Edwin durfte davon nichts mitbekommen, denn er war der Meinung, ich verwöhnte die Kinder zu sehr.

Ich ließ ihn für gewöhnlich reden und tat in Sachen Kindererziehung das, was ich für richtig hielt.

Mein lieber Mann hatte seine beiden Sprößlinge immer als etwas betrachtet, was man nach Belieben in die Ecke stellen konnte. Schon zu Beginn unserer Ehe gab er mir unmißverständlich zu verstehen, daß der Nachwuchs und seine Erziehung in mein Ressort fielen.

Edwin arbeitete rund um die Uhr, um sich und uns Erfolg bieten zu können.

In seiner knappen Freizeit ging er gezielt den Hobbys nach, die seiner Meinung förderlich für seine Karriere waren.

Er lernte mühselig das Tennisspielen, um auf dem roten Platz Herrn Dr. Klövenstein nebst Gattin kennenzulernen.

Dieser lud meinen charmanten Gatten zu einer Runde Polo ein, wo Edwin den Direktor von Hochstahl & Kompagnon traf, der ihn wiederum beim Segeln mit seinen Geschäftsfreunden bekanntmachte. Und so verging ein Jahr um das andere, und ich war froh, meinem Mann wenigstens noch die Wäsche machen zu dürfen und ihn beim Abendessen gelegentlich zu Gesicht zu bekommen.

Natürlich hatte ich alles, was sich die Frau eines Mülltonnenfahrers ein Leben lang vermutlich vergebens wünscht. Herta, unsere Zweizentner-Putzfrau mit dem Herz aus Butter, nahm mir die schlimmsten Hausarbeiten ab, und das war ziemlich genau der gesamte Haushalt.

Ich sah mich nach einem Kindermädchen um, was kein leichtes Unterfangen war.

Die, die sich mir vorstellten, waren allesamt attraktiv und jung. Wer weiß, wen die Damen mit ihrer Kinderliebe zum Schluß eindeckten, wenn sie erst einmal gemerkt hatten, daß meine bessere Hälfte beileibe kein Kostverächter war.

Ich hatte mich schon damit abgefunden, meine lieben Kinder pausenlos um mich zu haben, als Erna vor der Tür stand, um sich auf eines unserer unzähligen Inserate hin vorzustellen. Verwitwet, klapperdürr, schüchtern und eine

Seele von Mensch, fand ich sie auf Anhieb mehr als sympathisch.

Im übrigen hätte sie meine Mutter sein können, was mir im Hinblick auf meinen lieben Edwin mehr als gelegen kam.

So verfügte ich bald über viel freie Zeit, und die mußte ich nutzen lernen.

Ich machte Einkaufsbummel und versuchte, das sauer Verdiente meines Gatten wieder der Wirtschaft zuzuführen, aber schon bald wußte ich nicht mehr, was ich kaufen sollte.

Mein Haus bot inzwischen jeden erdenklichen Luxus, und ich lief Gefahr, daß ich es mit Schnickschnack und überflüssigem Krimskrams vollstopfte.

So rieten mir meine Freundinnen, daß ich mich doch im Kosmetiksalon, im Fitneßstudio und bei der Psychoanalyse anmelden sollte. Letztere empfahlen sie mir wärmstens, weil ihnen meine hündisch ergebene, zufriedene Lebenseinstellung nicht ganz geheuer vorkam.

Alexander und Julia wuchsen von Jahr zu Jahr mehr zu selbständigen Menschen heran und machten mir im großen und ganzen nur Freude.

Die Natur hatte sie mit einem anziehenden Äußeren ausgestattet, und beide Kinder waren hervorragende Schüler.

Wenn Edwin einmal im Monat die Zeit fand, mit mir vor dem Kamin zu sitzen, tätschelte er meist wohlwollend mein Knie.

»Kleines, du bist eine klasse Ehefrau. Gott sei Dank hast du nicht wie all die anderen Schnepfen diesen Emanzipationsmist im Kopf. Das Haus blitzt, die Kinder gedeihen, und du bist immer noch eine hübsche Frau. Ich bin verdammt stolz auf meine Familie«, gockelte er selbstverliebt.

Edwin sagte das in einem Tonfall, als hätte gerade ein Bauer seinen Pferdestall inspiziert. Fehlte nur noch, daß er Inventur über den Mist machte!

Aber ich nahm es ihm nicht übel. Der arme Kerl rackert sich für uns ab und gönnt sich kaum ein Eigenleben, dachte ich schuldbewußt und mehr als dankbar.

Und so dachte ich bis zu meinem Ende, wenn ich doch auch im Laufe der Jahre gewisse Zweifel an der Seriosität meines Liebsten aufkeimen sah.

Wir schafften es, die Silberhochzeit anzusteuern, ohne vorzeitig an eine Scheidung zu denken, und das war gut so in meinen Augen.

Unsere Villa war von Herta bakterienfrei geschrubbt und gewienert worden, und der Partyservice hatte ein Büffet gezaubert, das einem die Augen überquellen ließ.

Mein Mann sah im Smoking hinreißend aus, besonders seit er diese graumelierten Koteletten hatte.

Sein markantes, braungebranntes Gesicht mit dem erotischen Schnauzbart (ich hielt ihn jedenfalls dafür) ließ mich auch nach so vielen Jahren immer noch verliebt in ihn sein.

Ich selbst hatte meine schlankgehungerte Figur in ein weißes Chiffonkleid gequetscht, und ich spürte die bewundernden Blicke der Gäste, als ich unsere Wohnhalle betrat.

Edwin steuerte auf mich zu und drückte unauffällig meine Hand. »Kleine, du siehst göttlich aus. Ich würde dich sofort wieder heiraten, wenn ich es nicht schon getan hätte«, flüsterte er mit rauher Stimme.

Er schmeichelte mir wieder wie ein Kater, der zum warmen Ofen will.

Ich suchte nach den Kindern und fand zuerst Julia.

Sie sah ihrem Vater auffallend ähnlich, und ich war stolz auf sie in diesem Augenblick.

Ihre rabenschwarzen Haare hatte sie hochgesteckt, und das betonte ihre katzenhaften, grünen Augen.

Sie umarmte mich herzlich und küßte dann Edwin auf die Wange. »Hallo, Paps. Nachdem Mami es mit dir Macho so lange ausgehalten hat, wird es jetzt aber Zeit, daß du es ihr dankst. Wann machst du denn die verspäteten Flitterwochen und zeigst ihr die Welt, wo sie am schönsten ist?« stichelte mein Töchterlein angriffslustig.

Typisch Julia. Sie hackte ständig auf ihrem Vater herum, aber im stillen war ich ihr dankbar dafür. Sie sprach nur aus, was ich im tiefsten Inneren dachte.

Edwin sah sie spöttisch an und kniff ihr in den Po.

»Meine liebe Tochter! Deine große Klappe ist bewundernswert, aber von deiner Mutter hast du sie sicher nicht geerbt. Im übrigen werden Mutter und ich demnächst nach Ostfriesland fahren und dort das Melken von Kühen lernen.«

Edwin kicherte albern über seinen müden Witz, und die übrigen Gäste drehten sich verwundert nach ihm um.

Er lachte noch immer und stubste mich am Arm.

»Kannst du dir das vorstellen, Rita? Wir zwei in Latzhosen und Gummistiefeln im Kuhstall, und dann wird um die Wette gemolken!« Edwin gluckste noch immer vor Vergnügen, und ich sah ihn gehässig an, ganz zu schweigen von Julia und ihrem Begleiter.

»Papa, darf ich dir meinen Freund vorstellen? Thomas, das ist mein Vater«, sagte sie und warf mir einen entnervten Blick zu.

Edwin wischte sich mit seinem weißen Taschentuch aus Seide den Schweiß von der Stirn und musterte abfällig Julias Kandidaten. »Ich freue mich, den Umgang meiner Tochter kennenlernen zu dürfen«, sagte Edwin sarkastisch und lächelte nun gar nicht mehr so fröhlich.

Thomas verbeugte sich höflich und ließ sich mit keiner Miene anmerken, was er von dem eventuellen Schwiegervater in spe hielt. »Ich möchte Ihrer Gattin und Ihnen herzlich zu Ihrem Jubiläum gratulieren und bewundere, was für eine gute Ehe Sie zu führen scheinen.«

Der junge Mann gefiel mir, denn er bewegte sich auf dem aalglatten Parkett der Konversation mit meinem Mann hervorragend.

Edwin schien regelrecht irritiert von der Anhäufung derart guter Manieren. »Darf man fragen, was Sie beruflich so anstellen?« fragte er vorsichtig.

Thomas musterte ihn, ohne eine Miene zu verziehen.

»Ich bin Melker«, sagte er trocken.

Edwin sah mich an, als hätte man ihn an die Wand genagelt, und dann starrte er wieder zu Thomas, der noch immer todernst vor uns stand und keine Miene verzog.

Julia wurde krebsrot, und ihre Backen bliesen sich auf wie zwei Ballons.

Ich spürte im Hals ein merkwürdiges Kitzeln und versuchte, an Beerdigungen, verbrannte Festtagsbraten und einen verregneten Urlaub zu denken.

Doch es half alles nichts.

Ich prustete los, und Julia hielt sich den Bauch vor Lachen.

Edwin sah uns gekränkt an.

»Ich verstehe überhaupt nicht, was ihr zu gackern habt? Thomas studiert mit Julia, du hast es mir selbst erzählt.

So ein blöder Witz mit dem Melker. Wer wird denn heutzutage schon Melker?« ereiferte er sich vollkommen irritiert.

Julia und ich verzogen uns in die Nische der Eingangshalle, weil uns vor Lachen inzwischen die Tränen herunterliefen.

Thomas lächelte inzwischen auch amüsiert und sah Edwin schadenfroh an.

»Herr Kaminski, ich bin wirklich Melker. Allerdings nur in den Semesterferien. Ich jobbe im landwirtschaftlichen Betrieb meines Onkels.«

Edwin sah den jungen Mann sichtlich erleichtert und verzeihend an und klopfte ihm jovial auf die Schulter.

»Na, mein Junge, da haben Sie mir doch einen kleinen Schrecken eingejagt. Wie wär's mit einem Cocktail zur Beruhigung der Gemüter?« schlug er friedlich vor.

Julia hängte sich lachend zwischen ihrem Vater und mir ein, und ein grienender Thomas folgte uns.

# 5

Ich verabscheute innerlich die großen Galas und Diners, zu denen Edwin mich zu schleifen pflegte, und ausgerechnet zu meiner Silberhochzeit war ich gezwungen, in meinen eigenen vier Wänden überdrehte Snobs und steinreiche Bonzen freundlich und charmant zu behandeln, durchzufüttern und auszuhalten.

Mir schauderte innerlich.

Die werten Damen der Gesellschaft standen in artigen Grüppchen beisammen und unterhielten sich vermutlich über das Wetter auf Hawaii und die besten Cremes gegen das Altern.

Die Herren scharrten sich um das Getränkebüffet und brüsteten sich mit ihren Sportwagen-Geschichten nebst der dazugehörenden blutjungen Sekretärin, die natürlich unübertroffen das Telefon bedienen konnte. Vielleicht tratschten sie auch über das erotische Thema »Mein Bankkonto quillt über«.

Gutsituiert waren sämtliche geladene Herrschaften, denn das war Grundbedingung, um über Edwins Türschwelle zu gelangen.

Dafür hatte Edwin ein geübtes Auge. Er befreundete sich niemals mit einer Person, die ärmer war als er selbst.

Das beste Beispiel dafür war unser Personal. Er behandelte es niemals schlecht, denn für ihn waren Dienstboten schlichtweg Luft, und als solche ignorierte man sie in der Hauptsache.

Meist war ich diejenige, die Erna und Herta auf einen Plausch in der Küche besuchte, und ich gebe zu, es machte mir Freude.

Edwin bekam meinen Hang zum Küchenpersonal meist nicht mit, und wenn doch, dann ermahnte er mich väterlich, meine proletarische Ader nicht zu übertreiben.

Es war einfach göttlich, wenn Herta Erna nachäffte, und oft kicherten wir wie zwei kleine Schulmädchen, wenn sie ihre Backen spitz machte und wisperte:

»Liebe Kinder, nun bin ich aber entsetzlich traurig, wenn ihr nicht den Teller leer macht. Oh ja!«

Erna wiederum bewunderte mich mit naiver Unterwürfigkeit, und wenn ich ihr befohlen hätte, bei den Kindern unter dem Bett zu schlafen, hätte sie es vermutlich getan.

Ich liebte es, mit todernster Miene mit ihr über ihren Verlobten zu sprechen, der dummerweise im Zweiten Weltkrieg verlorengegangen war, und Erna erklärte mir, daß man eben nur einmal im Leben so richtig lieben könne.

Deshalb hatte sie es erst gar nicht noch einmal probiert.

Ich schmunzelte vor mich hin, als Herta sich durch die Halle wälzte und unser Portal öffnete.

Ein später Gast hatte geklingelt. Ein sehr später Gast, denn die Party war bereits in vollstem Gange, nachdem das Musiktrio romantische Tanzmusik aufspielte.

Ich sah neugierig zur Tür und verschluckte mich fast.

Ein Vamp rauschte da in mein Haus herein, wie ihn Hollywood nicht besser hätte machen können.

Sie hatte feuerrotes, langes Haar und Augen wie eine Katze auf der Suche nach der Maus. Eine Oberweite wie Nordseedünen, eine Taille wie die der berühmten Wespe und Beine so lang wie die eines Renngaules stachen mir in mein nervöses Auge.

Die Gnädigste reichte Herta arrogant ihre Jacke, und ihr Kleid entpuppte sich als eine silberne, zweite Haut, die jede Phantasie im Keim erstickte, da sie die üppigen Konturen ihrer Trägerin mehr als betonte.

Edwin wühlte sich aus dem Gedränge heraus und hängte sich leicht nervös bei mir ein.

»Liebste, das ist Fräulein Cleo Wunderlich. Darf ich vorstellen, das ist meine Gattin Rita«, erklärte er eifrig, um nicht zu sagen zu eifrig.

Fräulein Wunderlich musterte mich mit dem »Fall-tot-um«-Blick und säuselte mit einer honigsüßen Fistelstimme: »Endlich lerne ich Sie kennen, gnädige Frau.«

Ich zog irritiert die Augenbrauen hoch und sah Edwin fragend an. »In welcher Weise darf ich Fräulein Wunderlich mit unserem Haus in Verbindung bringen?« näselte ich so arrogant ich konnte. Himmlisch, wie damenhaft ich meine beißende Unruhe loswerden konnte!

Edwin lachte hüstelnd und völlig ohne Grund, und in seinen Augen las ich sofort die Antwort, die aber anders als gedacht kam. »Liebes, Fräulein Wunderlich ist unsere neue Telefonistin in der Kanzlei. Du weißt doch, die Müllersche war entweder krank, schwanger oder heiser. Als Telefonistin eine Katastrophe. Man braucht im Empfang und an der Zentrale eine Visitenkarte. Dr. Kaffke hat mir Fräulein Wunderlich empfohlen. Wir sind auf das vollste zufrieden.«

Edwin, der alte Esel, gierte seine Empfangsgazelle mit seinen weitsichtigen Augen an und meinte auch noch, eine alte, kriegserfahrene Ehefrau säße auf der Leitung. Idiot!

Cleo Wunderlich sah ihn ebenfalls provozierend an, als könne sie ohne ihn nicht allein auf die Toilette finden, und meine bessere Hälfte schob uns galant in Richtung Sitzgruppe.

Dort überließ er uns ein paar angeheiterten Advokaten, die sich sofort darum bemühten, Cleo mit Getränken einzudecken.

Ich verdrückte mich unauffällig und stahl mich auf die Terrasse hinaus, um in Ruhe eine Zigarette zu rauchen.

Dabei fiel mein Blick auf mein neues Cabrio, das mich im Mondschein funkelnd anblitzte, und ich beschloß traurig, am nächsten Tag eine Spritztour, wie immer allein, damit zu unternehmen.

Edwin schien wieder einmal eine Affäre zu haben.

Es war nicht seine Art, Putzfrauen und Telefonistinnen zu uns einzuladen, obwohl es mich, wie schon bemerkt, nicht im mindesten gestört hätte, was das Gesellschaftliche betraf.

Ich wurde mißtrauisch durch die Ausnahme, die er hier zu machen schien.

Seine früheren Amouren hatte er sorgsam vor mir verborgen, und nie bekam ich heraus, mit wem er gerade wieder ein Techtelmechtel unterhielt.

Die Romanzen dauerten meist nur wenige Wochen, dann entsorgte er die betreffende Dame wie alten Hausmüll und kehrte zufrieden an den heimischen Herd zurück.

Meist war er während einer Liaison mir gegenüber besonders aufmerksam, da er unter einem nervösen Gewissen litt, das sich prompt bei schlechten Taten meldete.

Er ging häufiger mit mir zum Essen aus, ließ mir vom Büro aus Blumen schicken und vermied es, in mein Bett zu steigen.

Wenn er all diese trügerischen Zeichen dann plötzlich abstellte, wußte ich, daß es wieder einmal überstanden war.

Die Ehefrau hatte das Feld wieder für sich, eine weitere Runde war gewonnen.

Die Abendluft war sommerlich warm, und der Geruch meiner Rosen stieg mir betörend in die Nase.

Silbern leuchtete das Mondlicht auf meinen kleinen Goldfischteich, und ich dachte an die Zeit, als Edwin und ich frischverliebt abends auf unserer Gartenbank gesessen hatten und unser Glück nicht fassen konnten.

Es war ein besonders schönes Haus, das wir da erstanden hatten. Seine weißen Erker wurden von dichtem, moosgrünem Efeu umspielt, und der Garten war ein Traum aus Rosen, blühendem Jasmin, dichten Bambusstauden und großen alten Birkenbäumen.

Damals hatte Edwin noch meine Nähe gesucht, und er war nicht blind gegenüber den kleinen, stillen Freuden, die auch ein bescheidener Mensch empfinden kann.

Vom Haus hörte ich Cleo schrill auflachen, und eine Gänsehaut überkam mich.

Ich hörte das schallende Gelächter der übrigen Gäste und beschloß, mir in der Stille der Terrasse noch eine zweite Zigarette zu gönnen.

Im Geiste sah ich meine Kinder durch den Garten laufen, als sie noch klein waren und vor Freude fast überschnappten, als ich ihnen gegen Edwins Willen einen kleinen Hund schenkte.

Unser »Blümchen«, so nannten wir den kleinen Kläffer, war schon lange tot und gehörte der Vergangenheit an.

Edwin hatte den Hund stets hoheitlich ignoriert, und als die Kinder die erste Freude an dem Tier verloren hatten, war es mein Hund geworden.

Blümchen hatte die reizende Angewohnheit, Edwin die Socken zu zerreißen, und dafür allein liebte ich sie schon.

Inzwischen, nach all den langen Jahren mit einem bellenden Hausgenossen, fand Edwin, daß man sich seinem Stand anpassen müsse, und schlug vor, eine reizende kleine Dogge zu erwerben, nachdem Blümchen aufgrund von Altersschwäche in den Hundehimmel übergewechselt war.

Hunde, die größer wurden als ein Stallhase, waren mir ein Greuel, da ich nur darauf wartete, daß sie mir mit gefletschten Zähnen an die Kehle gingen.

Herta drohte angesichts einer Mörderbestie in Größe eines Kalbes mit Kündigung, und Erna, die nun keine Kinder mehr zu hüten brauchte, aber mir trotzdem häufig Gesellschaft leistete, bescheinigte Edwin Größenwahnsinn.

So blieb unser Haus weiterhin leer und still, und ich träumte von vergangenen Zeiten.

Tief zog ich den Rauch meiner Zigarette ein und stellte verbittert fest, daß der ganze Luxus meiner Umgebung mich entsetzlich traurig machte.

Plötzlich war da dieser Geruch, der einen Toten erweckt hätte. Mein Rosenduft war wie weggeweht, und ich hatte diesen klebrigen Moschusgeruch in der Nase.

Eine schmale Hand schob mir ein Sektglas auf die Terrassenbrüstung, und ich sah mich erschrocken um.

Zwei funkelnde Raubtieraugen musterten mich spöttisch, und Cleo Wunderlich kicherte belustigt.

»Habe ich Sie erschreckt, gnädige Frau?« fragte sie boshaft.

Ich zog die Schultern hoch und starrte auf meinen Teich, in dem ich diese Möchtegern-Diva am liebsten auf der Stelle ersäuft hätte.

»Ach«, sagte ich damenhaft, »mich erschreckt man nicht so leicht. Gefällt Ihnen Ihre Stellung in unserer Firma?« wollte ich wissen und gleichzeitig demonstrieren, wer hier der Brötchengeber war.

Cleo verdrehte affektiert die Augen, und ich rätselte, wie viele Dosen Haarspray wohl für ihr Frisurenkunstwerk draufgegangen waren.

»Super, Frau Kaminski«, legte sie los.

»Ihr Mann ist ja eine Seele von Chef. Man arbeitet gern für ihn. Und dann sind Sie auch noch so reizend und lassen mich an Ihren privaten Festen teilnehmen. Ich fühle mich wahnsinnig geschmeichelt. Aber, unter uns Frauen« – ich hätte ihr eine reinhauen können für ihr kumpelhaftes Getue – »ich beneide Sie um Ihren Mann. Er hängt ja wahnsinnig an Ihnen, und das nach so langen Ehejahren.«

Sie seufzte schwer, und ich mußte beinahe lachen.

Glaubte dieser aufgetakelte, weibliche Truthahn allen Ernstes, bei meinem verwöhnten Edwin mehr als Spielerei auslösen zu können? Ich nippte an meinem Sektglas und prostete unserer neuen Telefonistin wohlwollend zu.

»Tja, liebes Fräulein Wunderlich, mein Gatte und ich ergänzen uns eben auf harmonische Weise. Sonst wären wir nicht fünfundzwanzig Jahre miteinander verheiratet. Sind Sie denn schon in festen Händen?« stichelte ich neugierig los.

Nebenbei bemerkte ich, daß Cleo auch ohne diesen Moschusgeruch enorme Wirkung verbreitete.

Ihre Oberweite war, das gebe ich zu, sehr imposant, und man mußte ihr schlichtweg das Attribut »Sexbombe« zugestehen.

Ein älterer Herr wie mein Edwin mußte vermutlich bei ihrem Anblick Kreislaufbeschwerden bekommen, und sämtliche Beschützerinstinkte wollten abreagiert werden, wenn Cleo mit fiepsiger Stimme Bewunderung aushauchte.

»Nein, ich habe noch nicht den Richtigen gefunden«, beantwortete Cleo meine Frage.

»Meine Eltern waren arme Schlucker und konnten einander nicht ausstehen. Dieses abschreckende Beispiel reicht mir bis heute. Wenn ich jemals heirate, dann muß der Betreffende Geld wie Heu haben. Arm bin ich selbst. So wie Sie möchte ich einmal leben.«

Sie sah mich fixierend an, und mir wurde unheimlich unter ihrem fordernden Blick.

Ich hatte das Gefühl, als wenn sie mich mit ihren Worten in eine unerforschte Galaxie verfrachten wollte, um meine Stelle an Edwins Seite einzunehmen.

Hastig leerte ich mein Sektglas und lächelte Fräulein Wunderlich müde zu.

»Die Abende sind kühl. Wollen wir die anderen Gäste nicht warten lassen und wieder hineingehen«, schlug ich verlegen vor und wandte mich zum Gehen.

# 6

Der Abend wurde zumindest für die Gäste ein voller Erfolg, und als ich am nächsten Morgen erwachte, brummte mein Kopf wie nach einem Fliegerangriff.

Ich hatte zu später Stunde noch kräftig zu den Cocktails gegriffen, weil Edwin, angeschwipst und bester Laune, vor meinen Augen mit dieser Sirene von Telefonistin zu unserem Lieblingslied getanzt hatte, anstatt das mit mir zu tun.

Sie klebte an ihm wie eine Klette, und er strahlte wie seit Jahren schon nicht mehr, als sie sich übers Parkett zur Musik bewegten.

Frau Jacobsen, eine alte Bekannte, saß gefrustet neben mir auf dem Sofa und beobachtete gehässig ihren Mann, der mit Stielaugen am Rande der Tanzfläche stand und innerhalb kürzester Zeit Edwin abklatschte.

»Frau Kaminski, wer ist dieses Fräulein?« fragte sie im Ton eines russischen Feldmarschalls.

Ich sah sie mitleidig an.

»Ich sehe sie heute auch zum ersten Mal, Frau Jacobsen. Mein Mann hat sie in unserer Kanzlei eingestellt, und sie scheint sich gut zu machen.«

Frau Jacobsen, die mit ihrer herben Art so gar nicht in diese Ansammlung von Snobs und Vornehmtuern paßte, lachte bitter in sich hinein.

»Dieses Insekt von einer Dame würde ich schnellstens vernichten«, warnte sie hellseherisch.

»Die ist auf Männerfang, und das in Ihrem Haus. Diese Sorte Dame können Sie getrost unter der Kategorie »Hornisse« einreihen. Wenn Sie sie nicht eliminieren, wird sie zustechen.«

Frau Jacobsen bekam vor Aufregung rote Backen.

Ich blickte irritiert zu ihr und dann wieder zur Tanzfläche.

»Meinen Sie nicht, daß Sie übertreiben?« fragte ich zweifelnd. »Es ist eben ein junges, dummes Gänschen, so harmlos wie ein Schmetterling«, wiegelte ich ab.

Meine Leidensgenossin schüttelte heftig den Kopf.

»Sorgen Sie für eine schnelle Kündigung. Sie sollten diesen Vamp schnellstens an die Luft setzen. Im übrigen«, und sie wies mit dem Kopf auf Edwin, »Gelegenheit macht Diebe.«

Diese unheildrohenden Worte sorgten dafür, daß ich noch einen Cocktail brauchte, meinen Stolz überwand und Edwin um einen Tanz bat.

Der alte Charmeur spürte auf der Stelle mein Unbehagen und drückte mich tröstend an sich.

»Na, mein altes Mädchen«, fragte er in allerbester Stimmung, »warum schaust du denn so verschreckt?«

Er drehte mich viel zu schnell über die Tanzfläche, und bevor ich in irgendeinem Büffet landete, blieb ich abrupt stehen, um meinen Schwindel zu bekämpfen.

Irritiert sah mich mein Göttergatte an.

»Ist dir nicht gut, Liebes?« fragte er arglos.

Ich schüttelte den Kopf.

»Edwin, laß uns für einen Moment in die Bibliothek gehen!« murmelte ich aufgewühlt.

Galant reichte er mir den Arm und führte mich an den Gästen vorbei in den Nebenraum.

Ich öffnete weit das große Fenster und sog die Nachtluft ein, um mich zu beruhigen.

»Edwin, bitte schicke diese Neue nach Hause. Frau Jacobsen hat sich bitter über ihr aufreizendes Verhalten beschwert, und mir gefällt diese Dame auch nicht. Sie paßt nicht in unseren Kreis mit ihrem affektierten Getue. Heute ist unser Hochzeitstag, und ich wäre dir dankbar, wenn du mir diesen Gefallen tätest«, sagte ich mit fast weinerlicher Stimme.

Ich zitterte an Leib und Seele bei meinen Worten, und Edwin spürte meine Angst vor dem Unausgesprochenen, das zwischen uns stand.

Still trat er hinter mich und nahm meine Schultern.

»Rita, du wirst dich doch nicht von so einem jungen Ding aus der Fassung bringen lassen. Mach dich nicht lächerlich. Sie ist eine erstklassige Arbeitskraft, und junges Blut tut gut unter uns alten Knochen. Mehr ist da doch nicht! Ich verstehe deine Aufregung nicht«, wiegelte er ungehalten ab.

Ich sah meinen Mann, und das war er seit fünfundzwanzig Jahren, stumm und vorwurfsvoll an und nahm seine Hände von meinen Schultern.

»Ich dachte, ich hätte mir nach all den Jahren etwas mehr Respekt verdient, mein lieber Mann. Sag den Gästen bitte, daß ich mich mit Kopfweh zurückgezogen habe. Du wirst dich auch ohne mich amüsieren«, brach ich betroffen ab.

Ich ging zur Tür und sah Edwin noch einmal an.

Es war das letzte Mal, daß er mich lebend zu Gesicht bekam.

# 7

Ich saß also an meinem letzten Lebenstag wie üblich am morgendlichen Kaffeetisch, den Herta jedesmal liebevoll für mich deckte.

Mein Kopf schmerzte, und das Licht der Sonne, das durch das Küchenfenster hereinfiel, stach mir in die Augen.

Der abgestandene Geruch von Tabak und Champagner hing noch in der Luft und verursachte mir Übelkeit.

Die Kinder schliefen noch in den Gästezimmern, und auch Edwin ließ sich noch nicht blicken.

Ich fühlte mich mißmutig und übelgelaunt.

Diese Cleo mit ihrem inszenierten Auftritt hing mir noch in der Magengrube, und ich fühlte wieder die alte Wut aufsteigen, die ich jedesmal empfand, wenn Edwin zu weit ging.

Müde und abgeschlagen rieb ich meine Augen und betrachtete meinen Salon, während ich zaghaft an der Kaffeetasse nippte.

Auf den Kommoden standen frische Blumenbuketts, und durch die geschwungenen Vorhänge an den Fenstern konnte man weit in den Park hinaussehen.

Wo ich auch hinblickte, umgaben mich Antiquitäten und schöne Einrichtungsgegenstände, aber ich konnte mich an dem luxuriösen Anblick trotzdem nicht erfreuen.

Innerlich fühlte ich mich kalt und leer und hätte genausogut in einer kahlen Zelle sitzen können.

Ich sehnte mich nach Menschen um mich herum, und zwar nach Menschen, die mir etwas bedeuteten.

Meine Kinder waren zu sehr mit dem Erwachsenwerden beschäftigt, obwohl ich wußte, daß sie mich wirklich aufrichtig liebten.

Herta richtete ihr ganzes Schaffen nach mir und umhegte mich wie ihre Tochter, aber trotzdem kamen wir uns nie so richtig nahe. Blieb nur noch Edwin zum Anlehnen.

Aber wenn ich mich auf den Schutz meines Gatten verlassen hätte, wäre ich mit ziemlicher Sicherheit ins Leere gefallen.

Wohlgefällig lebte er mit mir, als sei ich eines seiner Telefone. Auf Wunsch kam ein Gespräch zustande oder eben auch nicht.

Meine lieben Freundinnen hatten allesamt mit ihren Familien genug um die Ohren, und ich konnte auch nie richtig einschätzen, ob es unser Geld war, das uns beliebt machte, oder einfach wir selbst. Bei diesen trüben Gedanken wuchs meine Weltuntergangsstimmung ins Uferlose, und ich beschloß, etwas dagegen zu unternehmen, bevor ich eine handfeste Depression am Hals hatte.

Es war der ideale Zeitpunkt, einen der besten Psychiater aufzusuchen, die ich kannte.

Nämlich meinen Friseur.

Bei dieser Gelegenheit konnte ich gleich mein neues Auto ausprobieren und versuchen, meine Stimmung wieder in den Griff zu bekommen.

Entgegen meiner Gewohnheit, mich damenhaft und unauffällig elegant zu kleiden, zog ich mein provozierendes, weißes Kostüm an, dessen Rocklänge mit »in der Kürze liegt die Würze« zu beschreiben war.

Ich schminkte mich besonders auffällig um die Augenpartie und betonte meinen immer noch vollen Mund mit dem knalligsten Lippenstift, den ich auftreiben konnte. Scheckkarte, Handtasche, Zigaretten, und schon verließ ich erleichtert mein geliebtes Haus in dem beruhigenden Wissen, daß meine gesamte Sippe noch tief und fest schlief.

Ich trippelte vorsichtig den Kiesweg zur Garage hinunter und wunderte mich, daß das Tor weit offen stand.

Mein kostspieliger Wagen hatte die ganze Nacht ungeschützt verbringen müssen, und ich grübelte, wer so leichtsinnig gewesen war und das Tor nicht geschlossen hatte.

Vermutlich war Alexander gestern abend um den Wagen gestrichen und hatte Anja vorgeschwärmt, wie schön es wohl sein würde, damit zu fahren und womöglich irgendwo ein Schäferstündchen zu verbringen.

Schmunzelnd sperrte ich bei diesem Gedanken den Wagen auf und betrachtete ihn stolz, während ich es mir bequem machte.

Seine schwarzen Ledersitze glänzten wundervoll, und ich ließ vorsichtig den Motor an.

So schlimm war das Leben ja gar nicht.

Die Männer in ihren kleinen Familienautos würden mir an den Ampeln gierig nachstarren, und ich fühlte schon jetzt förmlich die bewundernden Blicke, die mir und meinem Wagen folgten. Die hatte ich aber auch nötig bei Edwins eingefrorenem Temperament.

Ich lenkte den Wagen langsam die Abfahrt hinunter, und das Fahrwerk reagierte auf die kleinsten Bewegungen des schmalen Lenkrads.

Es dauerte nicht lange, bis ich durch unsere kleine Stadt hindurch war und hinaus auf die Landstraße fahren konnte.

Mutig gab ich Gas und lenkte den kleinen Berg hinauf, der auf der anderen Seite steil abschoß und von eben jener alten Eiche gesäumt wurde, die mir zum Verhängnis werden sollte.

Oben am Berg, den alle Ziegelberg nannten, weil auf seiner Spitze ein Ziegelwerk stand, hielt ich den Wagen am Straßenrand an und sah hinunter auf die geschwungenen Hügel des Umlandes.

Vergessen waren die steifen Marionetten von gestern abend, die mein Haus belagert hatten, und der ganze erdrückende Mief ihrer Unerträglichkeit.

Das Land lag vor mir in der Morgensonne wie ein großer, wogender Ozean, eingeteilt in bunte Felder, und dazwischen wie Schaumkronen immer wieder Baumgruppen und kleine Wäldchen.

Ich sog tief die würzige Landluft in meine Lungen und blinzelte zufrieden in den Himmel, den kein Wölkchen trübte.

Ich hätte ewig so stehen können, nicht denkend, nichts wünschend, einfach zufrieden damit, sein zu dürfen.

Edwin war inzwischen so verrannt in sein Karriere- und Imagedenken, daß ich mich beim besten Willen nicht daran erinnern konnte, wann er zum letzten Mal mit mir solch einen Moment genossen hatte.

Ich wandte mich wieder zu meinem Wagen, denn die Zeit begann zu drängen.

Emile, mein Stammfriseur seit Jahren, legte höchsten Wert darauf, daß man die Termine mit ihm pünktlichst einhielt.

Ich freute mich jedes Mal auf die Prozedur einer frischen Dauerwelle.

Wenn ich unter Emiles strengen Augen Platz nahm, begann unsere Konversation stets über mein vernachlässigtes Haar.

Emile war ein schlaksiger, blasser Mann mit einem auffallend schmalen Gesicht, das von einer riesigen Habichtsnase gekrönt wurde.

Die Affektiertheit seiner Gesten erheiterte mich jedesmal aufs neue, und sein damenhaftes Getue war eine Vorstellung im Theater wert.

Am liebsten hätte ich ihn immer mit Fräulein Emile angesprochen, aber wenn er dann begleitet von einer Standpauke meinen Kopf einfühlsam wie eine Frau massierte, verzieh ich ihm gern seine Veranlagung.

»Frau Kaminski!« näselte er meist.

»Viel zuviel gefönt und viel zu heiß! Die Spitzen, vollkommen ausgetrocknet! Das arme Haar kann ja so nicht gedeihen!«

Er schlug fassungslos die Augen zur Decke.

Das Ende vom Lied war jedesmal, daß er trotz meiner heftigen Proteste viel zu viel von meinem Haar abschnitt.

Trotzdem sah ich jedes Mal hervorragend aus, wenn ich seinen Salon verließ, und er lächelte wie ein Sieger, wenn ich ihm sein gebührendes Trinkgeld zuschob.

Ich steckte den Wagenschlüssel ins Zündschloß, und der Motor sprang aufheulend an.

Welche Kraft saß da wohl unter meiner Motorhaube!

Ich lenkte den Wagen wieder zur Straße und beschloß, die Abfahrt in rasanterem Tempo zu nehmen.

Schließlich hatte ich keinen Trabant unter dem Hintern, sondern ein Luxusauto vom Allerfeinsten.

Ich stieg vorsichtig auf das Gas, und der Wagen schoß wie ein Pfeil die Straße hinunter.

Ein herrliches Gefühl, so rasant vorwärts zu kommen.

Doch der Spaß endete viel zu früh, denn der Ziegelberg lief in einer scharfen Rechtskurve aus, und ich wollte nicht an der mächtigen Eiche das Dasein von mir und meinem Auto beenden. Vorsichtig stieg ich auf die Bremse, aber im Gegensatz zum Gaspedal, wo selbst der kleinste Kick den Wagen direkt beschleunigte, kam keine Reaktion.

Im Gegenteil, der Wagen beschleunigte noch, da ich bergab fuhr.

Ich trat fester zu.

Nichts passierte.

Die Wegbiegung kam gefährlich schnell auf mich zu.

Mir blieb nur noch als Rettung, die Handbremse anzureißen.

In diesem Moment spürte ich, wie ich den Boden unter den Rädern verlor.

In Sekundenbruchteilen drehte sich der Himmel, und dann starrte ich nur noch ins Leere.

Aus. Dunkel. Stille.

# 8

Ich war heilfroh, als mein Körper abtransportiert wurde, denn sein Anblick war mir lästig.

Eigentlich wäre ich gerne wieder in diesen Körper zurückgekehrt, doch andererseits gefiel mir die Leichtigkeit des neuen Seins erheblich besser.

Edwin stand fassungslos neben dem Leichenwagen und starrte in die dunklen Wagenfenster.

Der Notarzt hielt ihn tröstend am Arm und räusperte sich verlegen.

»Herr Kaminski, sie hat nicht leiden müssen. Es war ein Genickbruch. Sekundensache. Vielleicht kann das Ihren Schmerz erleichtern. Ich sollte Ihnen etwas gegen Ihren Schock spritzen.«

Edwin schluchzte plötzlich auf und ließ seine aufgestauten Gefühle heraus.

»Doktor, wir hatten gestern silbernen Hochzeitstag. Wir wollten noch so vieles zusammen unternehmen. Sie war eine so gute Ehefrau. Ich wollte ihr so gern noch die Welt zeigen. Ich bin schuld, weil ich ihr dieses verdammte Auto geschenkt habe. Ich werde mir ewig Vorwürfe machen«, jammerte er los.

Ich war gerührt. Mein lieber Edwin war absolut von den Socken durch meinen Verlust.

Das hätte ich nie gedacht. Zu Lebzeiten war ich der Meinung gewesen, mein holder Gatte hätte ein Freudenfeuer angezündet, wenn ich beim Rasenmähen unter das Schermesser geraten wäre.

Der Leichenwagen fuhr ab, und Edwin schluchzte noch einmal jämmerlich auf.

»Soll ich Ihnen was für die Nerven geben?« fragte der Arzt vorsichtig.

Edwin schüttelte den Kopf und wischte sich mit der flachen Hand die Tränen aus den Augen.

»Nein, ich brauche nichts. Da muß man durch. Was werden wohl meine Kinder sagen?«

Weinend ging mein lieber Witwer zu seinem Wagen und fuhr langsam nach Hause.

Der Geist meiner Mutter schwebte wieder neben mir und lächelte. »Na, mein Liebes, nun willst du sicher wissen, wie wir uns fortbewegen. Ich werde es dir erklären.

Jedesmal, wenn du an einen Ort willst, denkst du dich einfach intensiv dorthin. Und schon bist du mittendrin im Geschehen.« Ihre Stimme hatte etwas herrlich Beruhigendes an sich.

Ich grübelte trotzdem.

»Mutter, die Höhere Macht hat mir gestattet, ein Jahr hier auf der Erde zu bleiben. Ich kann bei Bedarf wie ein normaler Mensch Dinge verändern, und dreimal kann ich sichtbar werden. Wie kann das nur alles ohne meinen Körper geschehen?« fragte ich ratlos.

Meine Mutter leuchtete wieder in diesem herrlichen Licht auf und lachte leise.

»Mein liebes Kind, denke nicht so viel nach. Du bist jetzt ein Mitglied im Club der Engel, und alles wird mit der Macht deiner Gedanken geschehen. Ich verlasse dich jetzt, damit du deiner Bestimmung nachgehen kannst. Wenn du mich dennoch brauchen solltest, denke einfach an mich. Ich werde dann zu dir kommen und sehen, ob ich dir helfen kann.« Und mit diesen Worten verschwand meine Mutter im Nichts.

Verwirrt blickte ich mich um und mußte zusehen, wie die Feuerwehrleute mein zerbeultes Auto auf den Abschleppwagen hieften und die Unfallstelle aufräumten.

Dieser Ort gefiel mir nicht länger, schließlich war ich hier gestorben.

Ich überlegte, wohin ich mich denken könnte.

Am besten, ich sah mal zu Hause nach dem Rechten. Ich hatte noch nicht zu Ende gedacht, als ich mich in meinem Salon wiederfand. Edwin lief nervös auf und ab und hatte – ganz ungewöhnlich für ihn zu dieser Tageszeit – ein Glas Cognac in seiner Hand.

Seine Haare standen wirr zu Berge, und seine Augen waren gerötet von den Tränen, die er vermutlich auf der Heimfahrt geweint hatte.

Julia kauerte auf dem Sofa und schluchzte still in sich hinein. Alexander stand am Fenster und biß sich pausenlos auf seine Lippen, und zwar so stark, daß sie beinahe bluteten.

Als Kind hatte ich es ihm immer verboten, wenn er diese nervöse Unart an den Tag legte.

Mein Sohn zeigte wie sein Vater nur schwer seine Gefühle, aber ich wußte, daß in seinem Inneren ein Chaos ausgebrochen war. Komischerweise konnte ich die Gedanken der Menschen fühlen, nachdem ich nun zu einem Geistwesen umfunktioniert worden war.

Alexander dachte gerade daran, daß niemand ihm mehr heimlich ein paar Scheine zusteckte und ein Auge zudrückte, wenn er sein Studium wieder einmal vernachlässigte.

Mein Sohn biß sich wieder heftig auf die Unterlippe, und ich spürte auch gleich, warum.

Dicker konnte es nun wirklich nicht mehr für ihn kommen.

Er trug das schreckliche Geheimnis einer unerwarteten Vaterschaft mit sich herum.

Anja und er hatten es mir im Laufe der nächsten Tage schonend beibringen wollen, und nun war ich im unpassendsten Moment einfach weggestorben.

Mein Gott, ich wäre Großmutter geworden. Wie wunderbar und herrlich!

Kindergeschrei und Spielzeugchaos in unserem leeren, unfreundlichen Haus! Mein Leben wäre wieder bunter und abwechslungsreicher geworden, und nun schwebte ich als Engelwesen tatenlos herum!

Ich konnte nicht anders, ich mußte heulen!

Alexander war wirklich tief verzweifelt. Zu seinem introvertierten Vater hatte er nicht das geringste Vertrauen, und dabei hätte er ihm so gern sein Herz ausgeschüttet.

Mein Sohn fürchtete im stillen seinen Vater, der – ohne es auszusprechen – von seinem Junior nur das Beste verlangte. Und das Beste war für Edwin ein abgeschlossenes Studium, eine zielstrebig aufgebaute Karriere und als Krönung eine bildschöne Schwiegertochter, die ihre reiche Mitgift alleine nicht schleppen konnte.

Meine Tochter riß mich aus meinen Überlegungen, indem sie sich laut und unmanierlich schneuzte.

Edwin sah sie mit strafendem Blick an und nippte an seinem Cognacglas.

Die Gedanken meines Mannes lagen wie ein offenes Buch vor mir.

Er bemerkte, unangenehm berührt, daß Julia mir wie aus dem Gesicht geschnitten war, und das erinnerte ihn an die Zeit, als wir noch jung und verliebt waren.

Er sah mich als junge Studentin durch den Stadtpark laufen und wie wir beim Bücherlesen auf der Parkbank zum ersten Mal ins Plaudern geraten waren.

Er sah meine grünen Mandelaugen, als er seine Tochter betrachtete, und ein tiefer Schmerz überkam ihn.

Edwin hatte nicht nur an meinem Verlust zu beißen, sondern auch noch mit einem schlechten Gewissen fertigzuwerden.

In diesem Moment bedauerte er zutiefst seine Seitensprünge, und, siehe da, er dachte an diese Cleo Wunderlich.

Er sah Cleos verführerische Figur, und die unendliche Bewunderung, die sie für ihn empfand, schmeichelte ihm sogar in diesem schweren Moment.

Gleichzeitig fiel ihm meine stille, damenhafte Intelligenz ein, und er schämte sich für seine Gedanken.

Er wünschte sich nichts mehr, als die Zeit zurückzudrehen und alles ganz anders zu machen.

Ich war sprachlos vor Überraschung.

Mein kühler, distanzierter Ehemann stellte sich gerade vor, wie er mit mir am Meeresstrand spazierenging und mit den Kindern Sandburgen baute.

Er träumte von Abenden vor dem Kamin mit mir, und – das schmeichelte mir besonders – er sehnte sich plötzlich nach meinem Körper.

Warum mußte ich erst tot sein, um geschätzt zu werden?

Ich lehnte mich an meinen Mann, aber natürlich bemerkte er es nicht. Statt dessen rieb er sich verstohlen die Augen und hüstelte verlegen.

Julia weinte immer noch.

Für meine Tochter hatte ich ein vollkommen schiefgelaufenes Leben gelebt.

Für Julia hatte mein Dasein den Anstrich eines verpfuschten Lebens in jeder Hinsicht.

Ich war eine bestens erzogene Tochter aus wohlhabendem Elternhaus gewesen, und ich hatte eine hervorragende Schulausbildung genossen.

Die Natur hatte mich mit einem attraktiven Äußeren ausgestattet, und im übrigen war ich das, was man im allgemeinen als intelligent bezeichnet.

Im großen und ganzen hatte ich also alle Chancen, entweder Karriere zu machen oder in die Kennedy-Familie einzuheiraten und mich als First Lady zu etablieren.

Statt dessen hatte ich mein Studium im Rausch der ersten Verliebtheit abgebrochen, meine ganze Energie auf Edwins Wohlbefinden konzentriert und mir meine Zukunft unrettbar versaut, indem ich nichts Dämlicheres anstellte, als schwanger zu werden.

Julia schluchzte wieder los, und ich wurde ein bißchen ärgerlich. Ich hatte meine damalige Entscheidung niemals wirklich aufrichtig bereut.

Es wäre für mich viel tragischer gewesen, als kinderlose, alte Jungfer zu enden, deren einzige Freuden im Studium ihres Gehaltszettels und der Heiratsannoncen lagen.

Meine eigene Tochter war grundverschieden von mir.

Sie mußte wohl von Edwin geerbt haben, daß sie andere Lebensanschauungen so schwer verstand und akzeptierte.

Thomas saß müde neben ihr, und ich interessierte mich als sorgende Mutter besonders dafür, was wohl in seinem Kopf vor sich ging.

Er war noch von den Ereignissen durcheinander und hielt wortlos die Hand meiner Tochter.

Schade, daß sie keine Kinder will. Sie ist die hübscheste Frau, die ich kenne. Ganz Dame wie ihre Mutter. Ich werde sie heiraten, und das Familienthema wird sich schon noch lösen, dachte mein zukünftiger Schwiegersohn in sich hinein, und was er dachte, gefiel mir außerordentlich gut.

Die bodenständige Denkweise von Thomas würde Julias Emanzenphase in gemäßigte Regionen leiten. Mein kleines Mädchen war offensichtlich in den besten Händen.

Mein Gott, warum mußte ich nun schweben und unsichtbar sein?

Meine Familie brauchte mich so notwendig, und ich mußte tatenlos mit ansehen, wie sich ein Unwetter nach dem nächsten zusammenbraute. Edwin räusperte sich plötzlich laut.

»Kinder, wir müssen jetzt besonders zusammenhalten. Ich baue darauf, daß ihr mich unterstützt. Allein wird mir sicherlich alles zuviel werden. Ich meine, die Organisation der ...«

Er stockte bei diesen Worten und sagte heiser: »Die Planung der Beerdigung wird uns alle in Anspruch nehmen!«

Nach diesen Worten verließ er das Zimmer, und ich sah mich hilflos unter meinen weinenden Kindern um.

# 9

Die Vorteile des Jenseits waren nicht von der Hand zu weisen.

Ich war auf immer und ewig befreit von lästigen Zahnschmerzen, da jenseitige Wesen nun einmal keine Zähne haben.

Migräne und Übelkeit würden mich auch nie wieder in die Zange nehmen können, ganz zu schweigen von den Wechseljahrbeschwerden. Aber meine überirdische Glückseligkeit hatte auch ihre Schattenseiten.

Ich war aus Langeweile in meine Küche gegangen und sah das gewohnte Bild einer emsig werkelnden Herta.

Während sie Rotz und Wasser heulte und dabei immer wieder kopfschüttelnd auf mein Porträt neben der Küchenuhr starrte, hantierte sie trotz allem beflissen an Pfannen und Schüsseln.

Es duftete herrlich nach panierten Schnitzeln und Bratkartoffeln, und in einer weiteren Pfanne köchelten frische Butterbohnen, unterlegt mit einem Hauch von Knoblauch.

Als Geist konnte ich genauso hervorragend riechen wie als leibhaftiger Mensch, und so strich ich lüstern um die Töpfe.

Ich stubste Herta in die Seite und sah sie mit liebevollem Blick an.

Doch Herta reagierte nicht.

Deprimiert wandte ich mich ab und heulte ebenfalls los.

In diesem verdammten Jenseits schien man von Einsamkeit verfolgt zu sein.

Welche Qual! Alles konnte ich sehen, hören und fühlen. Sogar das Essen konnte ich riechen!

Aber nichts und niemand registrierte mich.

Ich nahm verdrossen eine Gabel von der Spüle und stocherte lustlos in den Bohnen herum.

Vielleicht sollte ich doch einmal davon probieren, um zu sehen, ob Erna genug frisches Bohnenkraut darunter gemischt hatte.

So lud ich also meine Gabel kräftig voll und schob mir eine Ladung in den Mund.

Perfekt! Absolut perfekt im Geschmack! Herta war einfach unübertroffen, sowohl als Mensch wie auch als Perle.

Ich kaute vergnügt vor mich hin.

Herta stand schniefend bei den Kartoffeln und wendete sie hin und her.

Ich mußte lächeln. Vielleicht sollte ich der Ärmsten etwas zur Hand gehen? Edwin zahlte nicht gerade königliche Gehälter, und das Arbeitspensum in unserem Haushalt war nicht zu unterschätzen.

Ich ging zu den Schnitzeln und wendete sie, damit sie nicht verbrannten.

Dann schnappte ich mir ein Geschirrtuch und beschloß, die Unmengen Gläser nachzupolieren, die Herta noch vom gestrigen Abend zu spülen gehabt hatte.

Arbeit ist gut gegen Kummer, und jetzt konnte mir Edwin auch nicht mehr verbieten, mich in der Küche aufzuhalten.

Er konnte mich schlichtweg nicht mehr sehen. Aber Herta auch nicht, und das vergaß ich in meinem Eifer.

Wohl aber sah sie ein in der Luft fuhrwerkendes Geschirrtuch nebst einem schwebenden Glas, das nach entsprechender Zeit fein säuberlich in die Vitrine gestellt wurde.

Ein markerschütternder Urschrei ertönte.

Dann knallte die Kartoffelpfanne zu Boden, und Herta riß die Küchentür auf.

»Heerr Kamiinski! Es spuukt! Jesus, Maria, Josef, alle Heiligen zur Hilfe!«

Käseweiß und mit schlotternden Knien hing sie im Türrahmen, und Edwin stürzte Hals über Kopf in die Küche und sah sich um.

Beim besten Willen konnte er nichts Ungewöhnliches entdecken. Fassungslos starrte er Herta an.

»Mein Gott, meine Gute, ich wußte gar nicht, daß Sie so ein dünnes Nervenkostüm haben. Es ist für uns alle ein herber Verlust. Beruhigen Sie sich erst mal wieder.«

Und mein lieber, snobistischer Ehemann, der zu meinen Lebzeiten diskret Abstand zum Personal gehalten hatte, schob Herta begütigend in den Salon und schenkte ihr eine reichliche Portion Cognac ein.

»Trinken Sie das mal, meine Liebe, und nach dem Essen legen Sie sich heute gleich ins Bett.

Den Abwasch können Sie auch morgen machen«, tröstete er väterlich meine Superperle und drückte sie verlegen an sich.

Herta zitterte noch immer am ganzen Leib und hielt Edwin den auf einen Zug geleerten Schwenker unter die Nase.

»Ich glaube wirklich, mit meinen Nerven stimmt etwas nicht, gnädiger Herr! Ich sehe fliegende Geschirrtücher und schwebende Gläser. Dabei war ich doch ganz ruhig beim Kochen!« jammerte sie.

Edwin schüttelte den Kopf.

»Sie sind überarbeitet, Herta. Nehmen Sie den Vorfall nicht zu ernst. Übrigens, nun, da ich verwitwet bin, brauche ich Ihre Unterstützung mehr denn je. Ruhen Sie sich also erst einmal aus.«

Er gab Erna noch ein zweites Glas, und die vollkommen aufgewühlte Frau kippte es im Nu herunter wie ein Matrose bei Sturm.

Dann trottete sie kopfschüttelnd in ihre Küche zurück und kratzte sich nachdenklich am Kopf.

Innerlich ärgerte sie sich, weil sie die Kartoffeln vom Boden pulen mußte, und ihr graute vor dem Berg, den sie nun wieder schälen konnte.

Ihre Augen quollen über, als sie eine blitzsaubere Küche vorfand und in der Pfanne bereits neue Bratkartoffeln munter vor sich hinbrutzelten.

Muß wohl der Schnaps vom gnädigen Herrn sein, dachte sie verdattert, und ich fand es nun angebracht, sie über die wunderlichen Umstände aufzuklären, die ihr widerfahren waren, bevor sie gänzlich an ihrem Verstand zu zweifeln begann.

Zu diesem Zweck hatte ich ein großes weißes Blatt an den Küchenkasten gehängt und für Herta ein paar liebe Zeilen notiert.

Übrigens hatte ich auch meine Bohnen aufwischen müssen, denn natürlich waren sie auf den Boden geplumpst, nachdem ich sie heruntergeschluckt hatte. Ein weiterer Nachteil meines Geisterdaseins.

Alles, was ich aß und trank, lief durch wie das Wasser in der Regenrinne.

Geistige Materie konnte keine grünen Bohnen verdauen, und das hatte ich somit kapiert.

Kein Essen und Trinken mehr. Negativpunkt für das Jenseits. Dann doch lieber gelegentliche Zahnschmerzen und Verdauungsbeschwerden.

Aber man konnte nicht alles haben. Schließlich konnte ich schweben und war inzwischen unsterblich.

Wie oft war mir in meinem irdischen Leben der Bissen im Hals steckengeblieben, wenn ich darüber nachdachte, wie ich wohl einmal sterben würde.

Das hatte ich nun hinter mir.

Um also Herta auf den Zettel am Kasten aufmerksam zu machen, klopfte ich an die Schranktür, an der er hing.

Irritiert sah Herta auf.

Ihre Augen weiteten sich zu der Größe meiner Suppenteller, und ihr Mund öffnete sich zu einem stummen Schrei, während sie – kurz vor einer Ohnmacht – meine Nachricht entzifferte.

»Liebe Herta, ich bin weder ein Gruselgeist noch eine unheimliche Frau in Weiß! Aber obwohl ich gestorben bin, gibt es mich immer noch. Ich stehe gerade neben Ihnen, wenn Sie diesen Zettel lesen. Ein Jahr werde ich noch unsichtbar unter meiner Familie sein, um verschiedene Dinge zu erledigen. Wenn Sie mit mir reden wollen, tun Sie es einfach. Sie können mich weder hören noch sehen, aber ich werde Ihnen meine Antworten jedesmal aufs Papier schreiben. Und nun haben Sie bitte keine Angst mehr. Ich hab Sie übrigens sehr gern.«

Herta nahm – vorsichtig um sich blickend – den Zettel vom Kasten und las ihn wieder und wieder durch.

Ich merkte genau, daß sie messerscharf überlegte, wer sie da wohl verkohlen wollte.

Als zweite Möglichkeit kalkulierte sie ein, an Wahnsinn erkrankt zu sein.

Aber Herta wäre nicht Herta gewesen, wenn nicht der gesunde Menschenverstand überwogen hätte.

Sie ging zur Küchentür und schloß sie vorsichtshalber ab. Dann sah sie sich im Zimmer um und setzte heißes Wasser auf, um sich eine Tasse Tee zu kochen.

Das tat sie immer, wenn sie ein Problem zu lösen hatte, das sie momentan überforderte.

»Frau Kaminski, wenn Sie auch hier sind, dann stellen Sie mir bitte eine Tasse, den Zucker und etwas Zitrone auf den Küchentisch! Schließlich konnten Sie vorhin ja auch die Gläser polieren.«

Ich mußte lachen. Herta benahm sich jetzt wie die Chefin persönlich, und ich nahm die Befehle gern entgegen.

Ich plazierte die Tasse und das gewünschte Beiwerk auf dem Küchentisch und zündete, der Gemütlichkeit zuliebe, auch noch eine Kerze an.

Herta betrachtete das unheimliche Treiben von schwebenden Geschirrteilen mit wachsendem Vergnügen und zeigte nicht mehr die Spur von Angst.

»Chefin, das ist ja fantastisch. Sie spuken ja besser als ein Schloßgeist. Schade, daß wir nicht miteinander reden können.«

Sie schüttelte bedauernd den Kopf.

Ich nahm einen weiteren Zettel und kritzelte meine Nachricht darauf.

»Herta, bitte behalten Sie unser Geheimnis für sich. Ich helfe Ihnen dafür auch im Haushalt, soviel ich kann. Aber niemand darf wissen, daß ich sozusagen da bin.«

Herta sah gierig zu, wie der Bleistift von unsichtbarer Hand geführt wurde, und nickte eifrig mit dem Kopf.

Es sah urkomisch aus, wie sie in die leere Küche starrte und in den Raum sprach.

»Frau Kaminski, ich bin doch nicht blöde. Die anderen würden mich ins Irrenhaus verfrachten. Wer glaubt denn schon an Nachrichten aus dem Jenseits? Ich habe im ersten Moment gedacht, ich leide an Verfolgungswahn. Aber Gott sei Dank sind Sie nicht richtig tot! Da gehe ich übermorgen ja richtig erleichtert auf Ihre Beerdigung! Es ist schon schrecklich, wie Sie so plötzlich aus unserer Mitte gerissen wurden.«

Sie fing wieder an zu flennen, und ich beschloß, ihr etwas Rum in den Tee zu schütten, damit sich ihre Nerven beruhigten.

Meine arme Perle hatte für diesen Tag genug Aufregung gehabt.

»Herta, ich werde mich, wenn ich müde bin, in meinem kleinen Arbeitszimmer aufhalten und dort auch schlafen. Wenn Sie also das Gefühl haben, ich wäre nicht da, suchen Sie mich dort. Jetzt schlafen Sie sich erst einmal aus. In den nächsten Tagen wartet noch genug Arbeit auf Sie. Bitten Sie meinen Mann, daß er Ihnen Erna zur Unterstützung schickt. Und packen Sie ihn in Zukunft ruhig etwas härter an. Er braucht Sie schließlich. Gute Nacht, meine Liebe. Ach, übrigens, ich habe Sie mit einem hübschen Sümmchen in meinem Testament bedacht. Um Ihre Versorgung im Alter brauchen Sie sich keine Sorgen mehr zu machen.«

Herta wischte sich die Tränen ab und lachte schluchzend auf.

»Frau Kaminski, wie ich Sie vermisse. Sie sind eben eine richtige Dame. Hier ist doch mein Zuhause. Ich werde bleiben, solange man mich braucht. Schlafen Sie gut, gnädige Frau.«

Ich schwebte durch die geschlossene Küchentür und war froh, als ich in die Stille meines kleinen Zimmers gelangte.

Gerne hätte ich mich in mein Bett gekuschelt, aber als körperloses Wesen nützte es mir nichts mehr. Schade, ich liebte es, mich in meine weichen Daunen zu schmiegen und die Bettdecke bis über beide Ohren zu ziehen.

Notgedrungen verzog ich mich in eine dunkle Ecke meines Kleiderschrankes und merkte, daß ich auch als Geistwesen müde wurde.

Schwere überkam meine Gedanken, und so schlief ich erschöpft ein.

# 10

Die nächsten beiden Tage konnte man nur als Fiasko bezeichnen. Pausenlos klingelte das Telefon, weil irgendjemand wieder sein überwältigendes Beileid loswerden wollte oder fragte, wann ich unter der Erde landen würde.

Der engste Freundes- und Verwandtenkreis stürmte das Haus und belagerte meinen armen Witwer, der langsam Gefallen an soviel Aufmerksamkeit und Mitleid fand.

Nur meine Kinder, die ernsthaft um mich trauerten, zogen sich leidend in ihre Zimmer zurück und warteten deprimiert auf den schweren Tag meiner Beisetzung.

Und dann war es soweit.

An einem verregneten Sonntagmorgen fand sich eine gänzlich in schwarz gekleidete Familie im Salon zusammen, um den Weg auf den Friedhof anzutreten.

Edwin sah hervorragend aus.

Er hatte in den letzten Tagen etwas an Gewicht verloren, und sein schwarzer Anzug kleidete ihn vorzüglich.

Er hatte sein schwermütigstes Gesicht aufgesetzt und zog es vor, wenig zu reden.

Julia stand da wie ein Häufchen Elend, und die Ringe unter ihren Augen zeigten, daß sie wirklich tief getroffen war.

Alexander biß wieder auf seiner Unterlippe herum und umklammerte fest Anjas Hand.

Thomas räusperte sich verlegen.

»Es ist Zeit, daß wir aufbrechen«, sagte er kurz und sah sich auffordernd um.

Herta stand da wie eine Walküre auf ihrem letzten Ritt.

Ihr Kostüm sah aus, als sei es von der Steinzeit-Mode inspiriert, aber ihre füllige Figur wurde durch den sackförmigen Schnitt immerhin dezent überspielt.

Erna hatte für Trauerfälle eine spezielle Aufmachung parat. Weiß der Teufel, wo sie das Teil aufgetrieben hatte, aber sie trug tatsächlich einen Eintopfhut mit Schleier.

Man konnte bestenfalls schemenhaft die Züge ihres Gesichts erkennen, und ich rätselte, wie sie überhaupt noch etwas sehen konnte.

Sie sah man jedenfalls nicht mehr.

Unschwer zu bemerken war indes, daß sie heulte, weil ihre Schultern immer wieder von der Schluchzerei geschüttelt wurden.

Ich war stolz auf mich.

Ich ging dem ganzen Verein tatsächlich ernsthaft ab, und es wurde schon vor der Trauerfeier kräftig geheult.

Die Familie begab sich zu den Autos, um sich auf den unvermeidlichen Weg zu machen.

Ich hatte es da deutlich besser.

Ein kurzer Gedanke, und ich stand in der Aussegnungshalle vor meinem Sarg.

Ein Paradefoto von mir stand neben brennenden Kerzen, und ich betrachtete gerührt das sich mir bietende Bild.

Edwin hatte in meine Beisetzung kräftig investiert. Nur das Allerfeinste war ihm gut genug gewesen, und das war deutlich zu sehen.

Mein Sarg war eigentlich zu schade zum Eingraben. Feinstes Mahagoni mit Schnitzereien, innen ausgelegt mit Seide der Marke »Deluxe«.

Ein ganzes Treibhaus war vermutlich ausgeräumt worden, um meinen Sarg und die Halle zu schmücken, und mein geliebter Mann hatte selbstverständlich daran gedacht, daß weiße Rosen immer meine Lieblingsblumen waren.

Unzählige Kerzen flackerten in eleganten Ständern, und nun sah ich im Hintergrund drei Violinisten sitzen, die nur darauf warteten, ihre dezente Trauermusik darzubringen.

Edwin hatte alle, die nur darauf warteten, gesehen zu werden, zu meiner Beerdigung eingeladen.

Die ersten Trauergäste betraten die Halle, und ich beschloß, mich auf meinen Sarg zu setzen, denn hier hatte ich den besten Überblick.

Langsam füllte sich der Raum mit Menschen, und auch meine Familie traf ein.

Gramgebeugt nahm sie in der ersten Reihe Platz.

Hinter ihr saß der Rest meiner ungeliebten Verwandtschaft, und ich schwebte nun über den Köpfen, um dem verhaltenen Getuschel etwas lauschen zu können.

Tante Alwine und Onkel Herbert starrten hoheitsvoll geradeaus, und Tante Alwine begann, ihren Unmut loszuwerden.

»Warum mußte sie sich einen Sportwagen zulegen? In ihrem Alter noch dazu! Na ja, etwas seltsam war sie schon immer, die liebe Rita. Aber keiner hat ihr natürlich so ein Ende gewünscht.«

Onkel Herbert starrte genervt zur Decke.

»Alwine, kannst du dein Lästermaul nicht einmal vor ihrem Sarg halten!« schimpfte er los.

Seine Frau kam aber erst richtig in Fahrt.

»Edwin war immer viel zu gutmütig. Alles hat er ihr geboten. Sie hat immer den Eindruck gemacht, als sei das alles selbstverständlich. Der arme Edwin. Im besten Mannesalter und schon Witwer«, stichelte sie weiter.

Ich hatte Tante Alwine noch nie ausstehen können.

Sie führte eine kinderlose Ehe, und Onkel Herbert versuchte bei jeder Gelegenheit, sich ihr zu entziehen.

Er war nur deshalb mit ihr verheiratet geblieben, weil sie eine steinreiche Frau war und er es vorzog, an ihrem Wohlstand teilzuhaben.

Alwine aber spürte seine Reserviertheit und quittierte dies mit wachsender Bösartigkeit und Rechthaberei.

Sie war die Schwester von Edwins Mutter, und da Edwins Eltern früh gestorben waren, betrachtete sie Edwin als ihren legalen Nachkommen.

Praktisch war Tante Alwine eine Art Schwiegermutter-Ersatz für mich gewesen, eine Schwiegermutter, von der man sich wünschte, sie stünde auf der Vermißtenliste des Roten Kreuzes.

Ich hatte mit der alten Keifzange schon lange eine Rechnung offen. Es war längst überfällig, daß ich ihr eine Lektion erteilte. Ich schwebte zu ihrem Stuhl und begann, genüßlich und langsam den Reißverschluß ihres Kleides am Rücken zu öffnen.

Ein verschlissenes altes Mieder kam zum Vorschein, das ihre Fettpolster mehr schlecht als recht zusammenhielt.

Schade, daß mich keiner kichern hörte.

Hinter Alwine saßen der Sparkassendirektor nebst Gattin sowie Edwins liebster Golfpartner, Doktor Klövenstein und Familie. Frau Klövenstein sah als erste Alwines unverhüllte Reize.

Dezent stieß sie ihren Gatten in die Seite und deutete mit ihren Augen auf das skandalöse Rückenbild.

Doktor Klövenstein kicherte verlegen, und auch der Sparkassendirektor rieb sich bereits verwundert die Augen.

Alwine hatte noch nichts bemerkt, und darum war es höchste Zeit nachzuhelfen, bevor die Trauerrede des Pastors begann.

Ein konzentrierter Gedanke genügte, und ich brachte ihren Stuhl in die gekippte Schräglage, was zur Folge hatte, daß sie halb liegend beim Sparkassendirektor auf dem Schoß landete.

Der umgriff in seiner Notlage die arme Frau mit beiden Händen, um sie nicht ganz auf den Boden fallen zu lassen.

Alwine stieß einen spitzen Schrei aus.

»Um Gottes willen, erheben Sie sich, Gnädigste«, zischte der arme Mann und hatte alle Mühe, ihr Gewicht zu halten.

Onkel Herbert erhob sich, sichtlich peinlich berührt, und zog von vorne seine Gattin aus der Schräglage hoch.

Das Kleid, das nur noch an den Schultern hing, rutschte bis auf die Taille herunter und ließ Alwines mühselig vertuschte Fettreserven schonungslos und offen hervorquellen.

Alwine wurde weiß wie die gekalkte Kirchenwand und verdrehte die Augen.

Edwin, der sich umgedreht hatte, fing sie gerade noch auf und verhinderte einen Sturz.

Julia, meine humorvolle Tochter, verbarg ihr lachendes Gesicht hinter einem Taschentuch, und Thomas hielt die Hände vors Gesicht, um sein schadenfrohes Grienen zu verbergen.

Ich kauerte kichernd auf meinem Sarg und stellte amüsiert fest, daß ich ein riesiges Potential an schwarzem Humor in mir stecken hatte.

Onkel Herbert zog mit starrer Miene Alwines Kleid und anschließend den Reißverschluß nach oben, während die beiden anderen Männer seine drohnenhafte Gattin vor dem Umkippen bewahrten.

Alwine warf giftige Blicke um sich und ließ sich wieder tief durchatmend auf ihrem Platz nieder.

Allerdings unterließ sie es nun instinktiv, weitere boshafte Bemerkungen von sich zu geben, und beschloß klugerweise, brav loszuheulen, wenn der Grund dafür auch nur ihr peinlicher Auftritt und nicht mein bedauernwertes Ableben war.

Die Musiker setzten nun zu ihrem instrumentalen Gejaule an, irgendein klassischer Nervenreißer der Marke Tonbelästigung, und ich beschloß, in den Nebenraum zur Musikanlage zu schweben. Anscheinend war vor mir irgendein Yuppie, Grouftie oder sonst eine jugendliche Leiche beseitigt worden, denn auf dem Tonband mit der gewünschten Trauermusik befand sich der Gassenhauer »Earth Song« von Michael Jackson. Klasse Hit mit tollen Baßeinlagen. Gerade richtig für meine parfümierte Trauergemeinde.

Es war ein Klacks für meine gedankliche Energie, die Musikanlage anzuschmeißen und sie auf volle Lautstärke einzustellen.

Ich schwebte auf meinen Sarg zurück und lauschte voller boshafter Spannung den letzten Klängen des Klassiktrios. Ohne Vorwarnung legte Michael Jackson los. Phantastisch. Warum hatte ich zu Lebzeiten nicht bloß einmal eine Disko besucht? Meine Tochter hatte mich so oft darum gebeten gehabt. Die Bässe dröhnten los, und Michael Jackson jaulte sein »Aaaaaahhha« wie ein Kater bei Vollmond.

Edwin saß auf seinem Stuhl und tupfte sich fassungslos mit einem Taschentuch die Stirn ab.

Doktor Klövenstein hielt verschämt seinen Hut vors Gesicht und lachte sich dahinter halbtot.

Meine grandiose Tochter wiegte sich im Takt der Musik, und ich sah, daß ich in ihrer Achtung von einer Minute zur anderen erheblich stieg.

Die spießige Mutter hatte sich also wenigstens im Tod getraut, ihre wahren Seiten zu offenbaren und für eine unkonventionelle Beerdigung zu sorgen.

Der Pfarrer stand da wie eine Salzsäule und hielt mich bestimmt für die geschmackloseste Leiche, die er in den letzten zehn Jahren abzusegnen gehabt hatte.

Ich schrieb sein Textblatt, das er für seine Ansprache vorbereitet hatte, geringfügig um und hockte mich kichernd auf meinen Sarg.

Als die Musik geendet hatte, sah er sich feierlich im Kreise der Anwesenden um und begann mit seiner Weichspülstimme salbungsvoll abzulesen, was er da glaubte, verfaßt zu haben.

»Meine lieben Trauernden, liebe Angehörige und Freunde, wir haben uns heute versammelt, um die unvergessene Rita auf ihrem letzten Weg zu begleiten.

Für sie war der Tod eine Erleichterung, denn wer will schon zwanzig weitere Jahre neben einem untreuen, gleichgültigen Ehemann dahinleben?

Geld konnte sie nicht glücklich machen, und da war sie uns doch in vielem voraus.«

Edwins Gesichtsfarbe wechselte auf Signalrot, während meine Kinder kaum glauben konnten, was der Geistliche von sich gab.

Der wollte diese Peinlichkeiten gar nicht loswerden, aber ich hatte sein Sprachzentrum im Gehirn etwas mit meiner Kraftenergie durcheinandergebracht.

So plapperte er also wider Willen weiter munter drauflos.

»Wie mir der Testamentsvollstrecker mitteilte, wünscht unsere liebe Verstorbene ausdrücklich, daß sämtliche Trauergäste sich bitte von der Feier verabschieden möchten, damit nur die engsten Familienangehörigen zugegen sind, wenn wir den Sarg in die Erde lassen. Bitte haben Sie für diesen Wunsch Verständnis.«

Die ganze verlogene Gesellschaft, die sich in Gedanken schon beim Tratschen und Schwelgen meines Leichenschmauses wähnte, erhob sich raunend und kopfschüttelnd.

Innerhalb von fünf Minuten war die Halle angenehm leer, und nur noch mein lieber Witwer, der um Fassung rang, meine stolzen Kinder, Herta und Erna folgten meinem blumengeschmückten Sarg, der von vier äußerst attraktiven und stämmigen Friedhofswärtern geschultert wurde.

Am offenen Grab, als er mir Blumen in meine Grube werfen mußte, verlor Edwin seit Jahren zum ersten Mal vollkommen die Nerven und heulte los wie ein kleiner Junge.

Julia drückte ihn voller Mitleid, und er schluchzte verzweifelt in ihre Schulter hinein.

»Warum hat Mama mir nie ihre wahren Wünsche gezeigt? Die Beerdigung war doch ein entsetzlicher Racheakt von ihr. Ich bin gesellschaftlich ruiniert. Diskomusik und dann der Rausschmiß sämtlicher Geschäftsfreunde. Wie konnte sie mir das nur antun?«

Daher also die bitteren Tränen des alten Schwerenöters.

Julia schob ihren Vater angewidert von sich.

»Du warst Mama nicht wert. Du bist unfähig zu lieben, zu verstehen, geschweige denn zu trauern.«

Sie sah resigniert in mein Grab hinein und murmelte: »Mama, warum hast du nicht schon zu Lebzeiten die Revolution ausbrechen lassen? Ich bewundere dich und danke dir für die Botschaft, die du uns mit dieser Beerdigung gegeben hast.

Ich wünsche mir, daß du jetzt freier bist.«

Dann warf sie mir eine rote Rose auf meine sündhaft teure Holzkiste und drehte sich schluchzend um.

Wenn sie nur hätte ahnen können, wie recht sie mit ihren Worten hatte! Alexander und Anja standen still und starr vor meiner letzten Ruhestätte, und ich freute mich über das, was mein Sohn gerade dachte.

»Ach Mama, warum hab ich nur an dich gedacht, wenn ich Geld pumpen wollte? Ich vermisse dich so. Ich hätte alles gegeben, wenn du unser Kind hättest sehen können.«

Anja, die ein gutes, geradliniges Mädchen war, starrte versonnen auf die umliegenden Trauerkränze.

»Du wärst sicher eine gute Großmutter geworden. Und du warst mir gegenüber immer offenherzig und tolerant – im Gegensatz zu deinem storchbeinigen Edwin. Ich vermisse dich sehr«, dachte sie wehmütig.

Erna litt auf bewundernswerte Weise um mich.

Starr und unbeweglich stand sie an meinem Grab, wie eine Vogelscheuche in ihrem strichlinienförmigen Kostüm, und warf mir Vergißmeinnicht hinunter.

»Frau Kaminski, Sie waren eine Dame. Adieu«, murmelte sie generalsmäßig und trat prompt zwei steife Schritte zurück. Herta, die durch meine Offenbarung natürlich die Angelegenheit mit der Beisetzung nicht mehr so verbissen sah, trat selig lächelnd an mein Grab und schüttete triumphierend einen Beutel Konfetti hinein.

»Sind Sie wahnsinnig geworden?« japste der Pfarrer an ihrer Seite.

Herta sah ihn triumphierend an.

»Sie predigen doch das Leben nach dem Tod. Na also, dann werde ich mich doch wohl freuen dürfen. Wo gibt‘s da was zum Trauern? Sie ist *nicht* tot«, und das sagte Herta in einem Ton, der keinerlei Widerspruch duldete.

Edwin trat dezent an den Geistlichen heran.

»Herr Pfarrer, unsere Haushälterin hat durch den Tod einen Schub nervlicher Erschöpfung mitgemacht. Ignorieren Sie das Gerede.«

Der Priester nickte mitleidig und sprühte sein unvermeidliches Weihwasser über die Grabstelle, versehen mit monotonen Gebetsgesängen.

Und dann war es endlich vorbei und überstanden.

Meine Angehörigen schlichen beklommen vom Friedhof, während die Wärter damit begannen, die Erde in das tiefe Loch zu schaufeln, in dem mein Körper lag.

Ich war auch ziemlich erschöpft von der ganzen Vorstellung und dachte mich in mein Zimmer nach Hause zurück.

In der behaglichen Dunkelheit meiner Kleiderschrankecke schlief ich schnell tief und fest ein.

## 11

Cleo Wunderlich war die einzige, die offen zeigte, wie sehr sie mein Ableben erfreute.

Hochaufgeregt saß sie im Vorzimmer meines Witwers und telefonierte mit ihrem gesamten privaten Freundeskreis.

Edwin hatte sich für ein paar Tage von allen geschäftlichen Dingen freigemacht, um in Ruhe meinen Nachlaß regeln zu können. So konnte Cleo ungebremst und kostenfrei ihre Telefonitis ausleben und ihre interessanten Zukunftspläne aushecken.

Zu Hause war es ausgesprochen langweilig, und so war ich ins Büro geschwebt, wo ich ausspionieren wollte, was Cleo so im Sinn hatte. Als ich mich oben auf den Aktenschrank legte, überkam mich die nackte Wut, als ich Cleos Aufmachung wie von einem Logenplatz aus betrachten konnte.

Dieses Weib gewordene Monster hatte ein knallenges Lackkostüm an, feuerwehrrot selbstverständlich, untermalt von großmaschigen Netzstrümpfen an endlos langen Beinen, die wiederum in hochhackigen Pumps der Sorte »Modell Bordstein« steckten. Provokativ, unpassend, ordinär und verdammt sexy – das waren die ersten Gedanken, die mir zu ihrem Outfit kamen.

Ihre blonde Haarpracht hatte sie kunstvoll zu einem staubwedelförmigen Pavillon getürmt, und ihr Mund war so rot, daß jede Erdbeere als Bleichgesicht abschnitt.

Das nannte mein Witwer nun also eine hervorragende Arbeitskraft. Das mochte wohl stimmen, aber hatte er damit als Betätigungsfeld den Schreibtisch oder ein Wasserbett gemeint?

Cleo klemmte sich den Telefonhörer unters Kinn und wählte die Nummer eines Bekannten, von dem ich sehr schnell herausbekam, in welchem Verhältnis er zu ihr stand.

Mit klebrig-süßer Honigstimme meldete sie sich, als Jimmy den Hörer abgenommen hatte.

»Hallo, mein süßer Muskelprotz. Ich wollte mich bei dir noch einmal bedanken. Du hast ja klasse Arbeit hingelegt«, flötete die begnadetste Telefonistin aller Zeiten los.

Jimmy lachte selbstgefällig in den Hörer hinein.

»Die Alte war weg wie eine Fliege, Zuckerpuppe. Hähä, wollte bremsen, und es ging wohl nicht mehr.«

Cleo kicherte mit ihm mit und begann, ihre Krallen, die wohl mal Fingernägel gewesen waren, sorgfältig zu lackieren.

»Wir haben sie wirklich elegant abgemurkst, die elegante Frau Kaminski. Welch Glück, daß Edwin durch seinen Einfluß die polizeilichen Untersuchungen am Auto verhindert hat. Der Idiot. ‚Ich will keine Untersuchungen, Herr Kommissar. Das Auto war wohl zu schnell für meine Frau. Ich werde mir ewig Vorwürfe machen müssen, weil ich es ihr geschenkt habe‘«, äffte Cleo meinen Gatten gekonnt nach.

Jimmy lachte dreckig los.

»War nicht ganz ungefährlich, an der Karre zu manipulieren. Aber wir zwei Glückskinder haben mal wieder aufs Ganze gesetzt und gewonnen. Cleo, du mußt den Alten jetzt gezielt ködern. Ich möchte nicht mehr lange auf deinen süßen Hintern verzichten müssen«, grölte er mit seiner versoffenen Stimme durch den Hörer.

Cleo schloß genüßlich ihre Augenlider. »Jimmy-Boy, Darling, weißt du eigentlich, wie sehr ich mich auf unsere Zukunft freue? Es wird das Paradies werden! Du und ich, reich und sorgenlos in einer schicken Villa.

Ich muß unter allen Umständen erreichen, daß der alte Knacker so verrückt nach mir ist, daß er mich heiraten wird.«

Ich konnte diesen Jimmy sehen, wie er auf seinem Bettrand in seinem Hotelzimmer saß und mit dieser Giftschlange von Frau eine Bösartigkeit nach der anderen ausheckte.

Sein Gesicht war breit und grob und zeugte von einer Brutalität, die durch eine unterschwellige Dummheit erst gefährlich werden konnte.

Dieser Mann war mein Mörder.

Er hatte mein Auto präpariert und dafür gesorgt, daß ich nun weder mein Enkelkind halten und umarmen, geschweige denn überhaupt noch essen, trinken oder atmen konnte.

Er und diese Cleo hatten mich ausgelöscht wie ein lästiges Ungeziefer, nur weil ihnen unser Hab und Gut begehrenswert erschien. Und das wollten sie offensichtlich an sich raffen, und zwar mit allen Mitteln.

Der Weg zu unserem Vermögen führte sie über Edwin und hoffentlich nicht über meine Kinder.

Ich mußte auf der Hut sein, um meine Familie zu schützen. Cleo räusperte sich plötzlich und ließ ihren Nagellack verschwinden.

»Jimmy-Darling, ich glaube, da kommt jemand ins Büro. Du hörst wieder von mir, sobald ich mit meinem Plan weitergekommen bin.« Hastig legte sie den Hörer auf, denn die Tür öffnete sich, und Julia betrat das Büro.

Ich war mehr als überrascht.

Was wollte meine Tochter ausgerechnet im Büro ihres Vaters? Julia betrachtete Fräulein Wunderlich mit einem Blick, der normalerweise einen Schlaganfall auslösen mußte.

Cleo war deutlich ihre Verlegenheit anzumerken, denn die damenhafte Überlegenheit meiner Tochter irritierte sie erheblich.

»Fräulein Wunderlich, der Notar meiner Mutter hat eröffnet, daß die Firmenanteile meiner Mama an mich und meinen Bruder übergehen. Somit wären wir gleichberechtigte Teilhaber mit meinem Vater. Aufgrund dieser neuen Umstände, meine Liebe, möchte ich einen Überblick über die Kanzlei und ihre Führungsweise gewinnen.

Was tun Sie hier?« fragte Julia betont schnippisch und zog ihre schön geschwungenen Augenbrauen skeptisch hoch.

Cleo wurde puterrot und sah meine Tochter mit bösartig funkelnden Augen an.

»Ich bin hier Telefonistin und Empfangsdame«, hüstelte sie. Julia, meine wunderschöne und kluge Tochter, musterte den weiblichen Empfangspokal abschätzig und verschränkte in Chefmanier die Arme.

»Meine Gute, das hier ist eine Anwaltskanzlei und kein Etablissement des Rotlichtmilieus. Ich muß Sie höflich bitten, Ihren Kleidungsstil so zu gestalten, daß er den Geschäftsräumen würdig ist.«

Mein kleines Mädchen beglich hier ganz offensichtlich meine offenen Rechnungen.

Wie gut, daß ich meine Kinder als Erben bedacht hatte und nicht meinen zweischneidigen Ehemann.

Cleo wäre nicht Cleo gewesen, wenn sie nicht gegen die Vorschriften einer anderen Frau rebelliert hätte.

»Fräulein Kaminski, ich bin es bis jetzt gewohnt, die Anweisungen Ihres Papas zu befolgen, und der fand meinen Kleidungsstil bisher nicht ungewöhnlich«, konterte sie.

Julia hatte das Führungsnaturell ihres Vaters geerbt, und das vertrug diesen Ton überhaupt nicht.

Ich krümmte mich auf meinem Schrank vor Vergnügen, auch wenn mir die Sehnsucht nach meiner Tochter und das Bedürfnis, sie zu drücken, etwas von der Freude nahmen, diese Situation erleben zu können.

Julia zog gefährlich die Augenbrauen zusammen und lehnte sich mit den Armen auf Cleos Schreibtisch.

»Fräulein Wunderlich, wenn Sie noch länger hinter diesem Schreibtisch sitzen wollen, dann tun Sie gefälligst, was ich Ihnen sage. Und von Familienfeierlichkeiten halten Sie sich in Zukunft bitte fern.«

Julia drehte sich hoheitsvoll um und schlug wortlos die Tür hinter sich zu.

Ein grandioser Auftritt. Ein klasse Mädchen.

Cleo starrte wutentbrannt zur Tür, und ich dachte mich blitzschnell nach Hause in meinen Kleiderschrank, denn es wurde Zeit, daß ich mir etwas einfallen ließ, um dem Schicksal doch noch eine gute Wende zu verleihen.

## 12

Langsam kam Licht in die ganze Geschichte.

Mein Mann hatte mit diesem Vorzimmer-Flittchen ein Verhältnis angefangen, und die Kleine hatte sofort auf unser Vermögen spekuliert.

Zusammen mit ihrem Liebhaber hatte sie mich um die Ecke gebracht, und nun war es nur noch eine Frage der Zeit, bis Edwin an der Reihe war, ins Jenseits befördert zu werden.

Wer weiß, ob nicht auch meine Kinder in Gefahr waren!?

Ich war so verwirrt und wütend, daß ich dringend Ablenkung brauchte, und so schwebte ich in meinen Garten.

Es war ein lauer und stiller Sommerabend, und der Geruch der warmen Erde und der unzähligen Sommerblumen war jetzt besonders lieblich.

Plötzlich fühlte ich in mir diese innere Wärme, die alle irdischen Sinneswahrnehmungen nicht aufzuwiegen vermochten.

Ein wunderbares Licht umhüllte mich, und ich spürte die Gedanken meiner Mutter.

»Meine liebe Tochter, nun weißt du die Wahrheit über deinen Tod«, murmelte sie besänftigend und strich um mich herum.

Obwohl ich ja nun ein himmlisches Wesen war, ärgerte ich mich grün und blau darüber, daß zwei so bösartige

Schattengestalten wie Cleo und ihr Liebhaber mein ruhiges, beschauliches Leben so abrupt beendet hatten.

Ich wollte nur noch Rache bei dem Gedanken an meine Mörder. Meine Mutter war nun ganz nahe bei mir und beruhigte mich. »Liebe Tochter, verschenke nicht dein neues Sein mit bösen Gedanken. Ein Engel will, kann und darf nichts Böses tun. Jedenfalls nichts, was zu Krankheit, Tod oder sonst etwas Entsetzlichem führt.

Aber ich gebe dir einen Rat. Du hast durchaus die Macht, das Schicksal von Menschen zu manipulieren. Dagegen hat sicher auch die Göttliche Macht nichts.

Aber übertreibe es nicht mit der Rachsucht. Überlege immer, ob es im Sinne des Großen Lichtes ist, was du tust.«

Ich fühlte die Liebe meiner Mutter und sah sie plötzlich in der Gestalt vor mir schweben, als die ich sie zum letzten Mal lebend gesehen hatte.

Sie lächelte mir gütig zu und verschwand im Nichts.

Ich fühlte mich durch ihre allwissende Nähe behütet und geborgen und überlegte nun deutlich ruhiger, wie ich die Zeit auf Erden am besten nutzen konnte, um die Dinge ins reine zu bringen.

Während ich wehmütig meinen Garten betrachtete, kamen mir nach und nach die richtigen Schachzüge in den Sinn, die ich gegen die beiden bösen Seelen einsetzen würde.

Gelassen und meiner Sache sicher dachte ich mich wieder in meinen stillen, dunklen Schrank und ruhte mich von den Aufregungen aus.

# 13

Cleo Wunderlich war durch das Auftauchen meiner Tochter Julia im Büro auf das höchste beunruhigt.

Sie hatte in ihrem schäbigen Plan den Einfluß meiner beiden Kinder zu wenig berücksichtigt und anscheinend nicht bedacht, daß ich Julia und Alexander als Haupterben meiner Anteile einsetzen würde.

Ein großes Stück von dem dicken Kuchen fehlte nun also schon bei ihrer berechnenden Kalkulation.

Cleo mußte unbedingt mit Edwin sprechen. Bisher hatte sie das Thema um unser Vermögen immer vermieden, wenn sie sich mit Edwin getroffen hatte.

Sie verwöhnte ihn mit raffinierten Menüs in ihrer kleinen Wohnung, die wie die Miniausgabe eines Dorfpuffes eingerichtet war.

Spiegel an allen Wänden, Kerzen im Überfluß, und jedes Möbelstück war selbstredend in dunklem Schwarz mit Goldbeschlag gehalten. Haupteinrichtungsstück war ein überbreites Luxusbett aus Leopardenimitat mit dem unvermeidlichen Spiegel an der Decke.

Als Cleo an diesem Tag nach Hause gekommen war, duschte sie sich erst einmal ausgiebig, um sich von dem Ärger mit Julia abzulenken.

Dann legte sie sich ein feuerrotes Büstier an mit Straps und Strümpfen und warf ein hauchzartes Negligé darüber.

Meine Gedanken spürten ihre Unruhe, und deshalb dachte ich mich, neugierig geworden, in ihre Wohnung.

Seltsam, ich fand jeden Ort auf der Stelle, ohne ihn erst suchen zu müssen, und die Allmacht meiner Gedanken erschreckte mich fast ein bißchen.

Ich schwebte auf Cleos Bett und ließ mich bequem darauf nieder. Der fast zur Bewußtlosigkeit führende Moschusgestank saß überall in den Möbeln, und ich war froh, nicht mehr auf das Atmen angewiesen zu sein.

Cleo rauschte aus dem Bad in ihr Wohnzimmer, und als irdischer Mensch hätte ich mich sicherlich bei ihrem Anblick verschluckt.

Sie sah aus wie die Königin der Nacht, und für den bestimmten Zweck, den alle Männer gerne verfolgen, war sie durch ihr Erscheinungsbild wahrlich mehr als geschaffen.

Ihr Vorbau hätte für zwei Damen ausgereicht, und ihr offenes blondes Haar sah gar nicht einmal schlecht aus, wenn sie es nicht gerade zu architektonischen Kunstwerken hochtürmte. Irgendwie konnte ich Edwin verstehen, wenn er das Gelüst verspürte, auf seine alten Tage solch eine Erotikgranate hochgehen zu lassen.

Aber gemein war es mir gegenüber trotzdem.

Ich war zu Lebzeiten eine sicherlich attraktive Erscheinung gewesen, und letztendlich hatte ich zwar nicht Cleos Oberweite zu bieten, dafür aber deutlich mehr Niveau und Charakter.

Cleo griff zu ihrem Handy und wählte unsere Privatnummer. Sofort war Edwin am Apparat, und ich spürte, daß er auf Cleos Anruf gewartet haben mußte.

Cleo schlug gekünstelt die Augen zur Decke und säuselte mit ihrer klebrig-süßen Stimme in den Hörer:

»Hallo, Edwin. Hier ist dein kleines Mäuschen und hat schreckliche Sehnsucht nach dir. Du hast mich jetzt seit über zwei Wochen vernachlässigt. Ich muß mich bei dir beschweren. Du weißt, ich bin eine sinnliche Frau.«

Edwin räusperte sich verlegen.

»Cleo, meine Süße, du weißt doch, daß dies eine schwere Zeit für mich war. Der Tod meiner Frau war so völlig überraschend, daß er mir einfach nicht gleichgültig bleiben konnte«, entschuldigte er sich.

Cleo schüttelte energisch ihren Kopf.

»Edwin, du hast mir doch immer gesagt, du empfindest für sie nichts mehr. So gesehen mußt du doch froh sein, daß deine Ehe ein Ende gefunden hat. Schließlich hat sie ja nicht leiden müssen. Aber ich verstehe dich. Sie war ja schließlich die Mutter deiner Kinder«, säuselte sie mit gekonnt gespieltem Verständnis.

Edwin atmete tief durch.

Seine Gedanken waren in diesem Moment voll und ganz bei mir, und ich konnte sehen, daß er mich in Wirklichkeit noch liebte.

Ich habe sie viel zu schlecht behandelt. Statt Zeit und Gefühle habe ich Geld in sie investiert, und sie hat nie aufbegehrt.

Sie war wirklich eine aparte Frau und blitzgescheit dazu. Eine aufopferungsvolle Mutter war sie und ein verläßlicher Freund.

Edwins Herz krampfte sich zusammen, und er spürte ein paar kurze Stiche in seiner Brust.

Seit meinem Tod hatte er wieder mit dem Rauchen angefangen, und das tat seiner Pumpe anscheinend nicht gut.

Aber er ignorierte diese gesundheitlichen Warnzeichen.

In den letzten Tagen war er überhaupt in vielen Dingen nachlässiger geworden.

Cleo registrierte es bereits mit wachsender Beunruhigung und schmiedete entsprechende Pläne, um den Goldfisch nicht von der Angel zu verlieren.

»Edwin, mein Liebster, hast du für deine Kleine nicht ein paar Stündchen Zeit? Ich könnte uns eine Kleinigkeit kochen, und du schüttest dir bei mir das Herz aus«, lockte sie sirenenhaft. Edwin nickte wohlwollend.

Er mochte Cleos Körper, aber noch mehr schätzte er ihre grenzenlose Unterwürfigkeit und ihr Bemühen, ihm jeden Wunsch von den Augen abzulesen.

In seinem Haus war es seit meinem Dahinscheiden so merkwürdig still und ungemütlich geworden.

Herta führte den Haushalt zwar vorbildlich und hatte auch eine überraschend gute Laune, obwohl ihr alle stillschweigend Wahnvorstellungen bescheinigten.

Sie redete in letzter Zeit häufig anscheinend mit sich selbst, aber jeder hatte eben seine eigene Methode, mit dem Verlust eines nahestehenden Menschen fertigzuwerden.

Julia hatte sich dem Firmenstudium verschrieben, nachdem sie nun wußte, daß ich sie mit ihrem Bruder als Nachfolger meiner Anteile eingesetzt hatte.

Sie war wieder vorübergehend nach Hause gezogen und beschloß, ihr Studium so lange zu unterbrechen, bis die geschäftlichen Dinge zusammen mit ihrem Vater geregelt waren.

Thomas kam jedes Wochenende zu Besuch und half ihr mit seinem Wissen und seiner Nähe.

Edwin ließ das seltsamerweise alles merkwürdig kalt.

Er sträubte sich nicht im mindesten dagegen, daß er von seinen Kindern – zumindest teilweise – die Zügel aus der Hand genommen bekam.

Man hatte fast den Eindruck, daß er froh war, etwas von seiner Last abgenommen zu bekommen.

Alexander, der sich übrigens rührend um seine schwangere Freundin kümmerte, plante zielstrebig die Gründung eines eigenen Hausstandes und befand sich nun pausenlos auf Wohnungs- und Arbeitssuche.

Edwin wurde im Moment von seiner Familie kaum gebraucht, und so kam ihm Cleos Anruf nur recht.

Die Trauer um mich nahm ihn stärker in Anspruch, als er jemals vermutet hatte, und wie Männer eben so sind, hielt er Abwechslung für die beste Ablenkung von seinen Problemen.

»Cleo-Mäuschen, ich werde mich umziehen und ungefähr in einer Stunde bei dir sein. Ich danke dir für deine reizende Einladung, meine Kleine. Du hast ja keine Ahnung, wie leer und still es in meinem Haus ist«, jammerte er selbstmitleidig.

»Ich weiß, mein Lieber. Also dann, bis bald«, antwortete Cleo und legte den Hörer auf.

Genüßlich steckte sie sich eine Zigarette an und ließ ihren häßlichen Plan vor ihrem geistigen Auge ablaufen.

Natürlich war es für mich kein Problem, ihre Gedanken zu lesen. Sie plante minutiös den vor ihr liegenden Abend, der zu Edwins Unheil werden sollte.

Summend begab sich Cleo in ihre Küche, die sie erstaunlicherweise recht nett eingerichtet hatte.

Viele Regale mit bunten Tellern, Tassen und Töpfen zierten die Wände, und man sah, daß die Besitzerin die Kochkunst anscheinend beherrschte.

In Wirklichkeit jedoch haßte Cleo alles, was mit Küche und Haushalt zusammenhing, aber sie wußte, daß ein Mann sich nur ködern ließ, wenn man ihm die emsige Hausfrau vorgaukelte, die mit Gewürzregal und Schnellkochtopf blind hantieren konnte.

Deswegen hatte sie vor einiger Zeit einen Kochkurs absolviert, bei dem sie genau fünf Gerichte zubereiten lernte. Es handelte sich um Spargelcreme-Suppe, panierte Schnitzel mit Kartoffelsalat, Schweinebraten mit Kartoffelklößen, gemischte Salatplatte sowie ein Weißweinsoufflet.

Es war einer jener Kochkurse gewesen, die viel Geld kosteten, den Teilnehmern untereinander jede Menge Vergnügen boten und letztendlich aufgrund der vermittelten Kochkünste eher »Animationskurs« hätten genannt werden müssen.

Cleo hatte jedoch den Sinn des Kochens begriffen, daß nämlich Liebe durch den Magen geht.

So beherrschte sie ihr Repertoire recht gut, und da Edwin sie die meiste Zeit zum Essen einlud, war ihm bisher die magere Palette ihres Kantinenmenü-Planes noch nicht aufgefallen.

An jenem Abend zauberte Cleo ihre berühmte Salatplatte und unterstrich den einfallsreich gedeckten Tisch mit ein paar Flaschen von Edwins Lieblingswein.

Sie zündete jede nur auffindbare Kerze an und löschte das elektrische Licht.

Schummrige Atmosphäre, sehr heimelig und phantasievoll – die Kleine gab sich wirklich Mühe, sich meinen Witwer zu angeln. Natürlich vergaß sie auch nicht, stimmungsvolle Musik der Marke »Sink an meinen Busen« aufzulegen, und dann versprühte sie noch den halben Inhalt einer Großflasche Parfüms, das vermutlich die Nebennierenrinden von maskulinen Besuchern animieren und somit deren Potenz ankurbeln sollte.

Ich schwebte von dem sündigen Bett durch Cleo hindurch in ihre Küche und sah mich neugierig um.

Freudig sah ich das kleine, rote Fläschchen, das ich so herbeigesehnt hatte.

Tabasco – die Tinktur der Rachegötter. Voll von Feuer und Glut, an Feinde am besten in großen Zügen zu verabreichen.

Ich nahm das Gewürz und begab mich in Richtung Weinflaschen. Ein kleiner Schub Energie, und die Korken schoben sich brav nach oben und schwebten über den Flaschenhälsen.

Nun in jede Flasche einen kräftigen Schuß Teufelswasser, und die Korken wieder zurück.

Prost, Cleo! Prost, Edwin!

Ich wußte nur zu gut, daß Edwin Haare im Essen wie die Pest haßte und das als unverzeihliche Schlamperei einer Hausfrau betrachtete.

Herta war dieses Malheur einmal passiert, und Edwin hätte sie deswegen gefeuert, wenn ich nicht dazwischengegangen wäre.

Also nichts wie ab in Cleos Bad und aus der Bürste einen Satz Haare gerissen.

Die langen, blonden Teile würden sich mit Sicherheit hervorragend im Weißweinsoufflet machen, nur war ich gespannt, ob Edwin seine Cleo dann so feuern würde, wie er es einst mit der guten, alten Herta vorgehabt hatte.

Der Schabernack hatte sich nun regelrecht in meine Gedanken geschlichen, und ich überlegte, wie ich den beiden Hübschen den Abend noch verschönern konnte.

In diesem Moment klingelte es bereits an Cleos Tür, und mein Göttergatte stand mit einem netten Blumenstrauß und seinem unvermeidlichen Dackelblick davor.

Cleo öffnete mit ihrem strahlendsten Lächeln, und Edwin spürte in der Herzgegend wieder dieses feine Stechen, denn Cleos Anblick riß ihn fast aus den Schuhen.

Lächelnd zog sie ihn am Ärmel in die Diele herein und küßte ihn stürmisch auf den Mund.

»Oh Edwin, tausend Dank für die liebe Aufmerksamkeit«, hauchte sie und riß ihm ungefragt die Blumen aus der Hand.

Ich wußte genau, daß sie im stillen dachte: Warte nur, du alter Sack, dein Unkraut kannst du behalten. Das nächste Mal hast du ein Etui in der Hand, wenn du vor meiner Tür stehst.

Statt dessen hauchte sie: »Edwin, du bist so charmant. Warum gibst du immer Geld für mich aus?«

Diese Lüge war ja wohl die Krönung! Da mußte Strafe sein, und zwar umgehend.

Ich nahm meine Energie zusammen und zwang die Blumen in Sekundenschnelle zum Welken.

Was Cleo nun in Händen hielt, war von einem welken Petersilienstrauß, der über das Wochenende ohne Wasser in der Kühltheke eines Supermarktes gelegen hatte, nicht zu unterscheiden.

Edwin bemerkte die Blamage gar nicht, denn er war zielsicher zu Cleos festlichem Tisch gerauscht und öffnete bereits eine Flasche Wein.

Cleo legte die Blumen verstohlen und ohne weiter ein Wort darüber zu verlieren in die Küche und reichte ihm charmant zwei Gläser.

Sie kannte Edwin inzwischen gut genug, um zu wissen, daß er tagsüber kaum Alkohol zu sich nahm.

Er schien in aufgewühlter Verfassung zu sein, und so beschloß sie mit ihrem untrüglichen Instinkt für günstige Gelegenheiten, ihm eine Portion Trost und Bewunderung zukommen zu lassen.

Edwin öffnete gekonnt die Weinflasche und goß die Gläser voll, wobei er sein traurigstes Gesicht aufsetzte, das er zu bieten hatte.

Cleo sah ihn mit ihren Smaragdaugen nicht weniger schmachtend an und drückte sich in ihrer aufreizenden Aufmachung an ihn.

»Ich bin so froh, Liebster, daß du trotz deines Kummers noch Zeit für mich gefunden hast. Du weißt, aus verständlichen Gründen stand mir deine Frau nie sehr nahe, aber so ein Ende«, und dabei wischte sich diese Schlange in Menschengestalt verstohlen eine Träne aus dem Auge, »aber so ein Ende habe ich ihr nun wirklich nicht gewünscht.«

Edwin legte tätschelnd seinen Arm um Cleos Schulter und sah gedankenverloren zum Fenster hinaus.

Seufzend holte er tief Luft, und seine Gedanken offenbarten sich mir wie ein offenes Buch, bevor er sie laut aussprach.

»Ach weißt du, Kleine, Rita und ich hatten uns einfach im Laufe der vielen Jahre auseinandergelebt. Ich sehe sie heute noch durch den Park unserer Universität laufen: ein schlankes, blondes und bildhübsches Mädchen. Dabei war sie blitzgescheit und sehr, sehr stolz.«

Mir wurde bei Edwins Worten warm ums Herz. Daß er sich noch so genau an alte Zeiten entsinnen konnte, hätte ich ihm niemals zugetraut.

Cleo krampfte es das Herz bei seinen Worten zusammen, aber nicht aus Eifersucht, sondern aus Angst, der Goldfisch könnte vielleicht nicht richtig angebissen haben.

Mein lieber Witwer kam mit seiner Schwärmerei nun erst so richtig in Fahrt.

»Ach Cleo, weißt du, wenn man jemand verloren hat, weiß man erst, was einem fehlt. Sie hat sich nie über mich beklagt, und dabei hatte sie allen Grund dazu«, jammerte er los.

Cleo zog die Luft durch ihre Nase wie ein nervöser Gaul und versuchte, sich zu beherrschen.

»Aber Edwin, du brauchst dir doch keine Vorwürfe zu machen. Du hast ihr alles geboten, was sich eine Frau wünschen kann«, wiegelte sie ab.

Damit meinte sie sich wohl selbst, denn ihre Ansprüche an eine Ehe begannen und endeten beim Bankkonto.

Edwin schüttelte den Kopf.

»Cleo, ich war nie der Treueste, und ich glaube, sie hat es auch gewußt. Spätestens die Sache mit uns beiden ist ihr unangenehm aufgefallen. Ich hätte dich nicht zur Hochzeitsfeier einladen dürfen, es war zu übertrieben und taktlos,«, murmelte er geknickt.

Seine Worte trafen Cleo wie eine Ohrfeige mitten ins Gesicht. Denn gerade wegen ihrer Berechnung und Skrupellosigkeit war sie von unübertroffener Eitelkeit geprägt, und selbst den Anflug eines Vergleichs mit einer anderen Frau ertrug sie kaum.

Cleo beschloß, das Thema in andere Bahnen zu lenken und dafür zu sorgen, daß ihr Plan in die Tat umgesetzt wurde.

Und dieser Plan war wirklich teuflisch gut, aber eben nicht gut genug, um einen Engel wie mich aus dem Gleichgewicht zu bringen.

»Edwin, laß uns für ein paar Stunden die ganze Tragödie vergessen. Wir sollten froh sein, daß wir uns haben, und ich verspreche dir, ich werde dich trösten und für dich da sein, wenn du jemanden zum Reden brauchst«, hauchte sie mit anteilnehmender Stimme und prostete Edwin mit ihrem Glas zu.

Daß Gedanken und Worte nicht unbedingt identisch sein müssen, ist eine altbekannte Tatsache.

Der alte Sack hängt an seiner Verflossenen wohl mehr, als ich vermutet habe, dachte Cleo bösartig.

Hat er mir nicht bei unserem ersten Rendevous ohne mit der Wimper zu zucken erzählt, daß seine liebe Rita-Maus ein unerträglicher Kotzbrocken sei?

Kühl wie ein arktischer Eisberg, konservativ wie ihre Ururgroßmutter, unattraktiv und stumm wie ein Fisch, grübelte Cleo gehässig weiter.

Gut, bei der Feier der Silberhochzeit konnte Cleo dann selbst sehen, daß die werte Ehefrau noch ausgesprochen attraktiv, beängstigend damenhaft und trotzdem grauenvoll charmant, aber eben nicht im mindesten mit ihr selbst zu vergleichen war. Rita hatte keine Spur von Sexappeal, ihre Figur war schlank, aber uninteressant, und die Jüngste war die Gnädigste auch nicht mehr gewesen.

Aber Schluß nun mit diesen hinderlichen Gedanken!

Edwin war nun ein freier Mann mit erheblichem Vermögen, und da hieß es, schnell zu reagieren.

Cleo ging mit schwingenden Hüften zu ihrem Lotterbett, auf das sie sich in lasziv-aufreizender Weise niederließ, bevor sie das Glas zu den Lippen hob.

Edwin sah ihr hinterher wie ein Stier, den man auf die Weide zu den Kühen gelassen hatte, und ich stellte geknickt fest, daß sein Triebleben seine Trauer um mich bei weitem übertraf.

Nun gut, dann sollte er eben seine Lektion bekommen.

Lüstern hob er das Weinglas an seine Lippen und leerte es in einem Zug.

Unbemerkt wollte Cleo das ihre auf dem Nachtkästchen abstellen, als Edwin laut röchelnd und mit fuchtelnden Armen auf ihre Küche zustürzte.

Wie ein Wahnsinniger stieß er auf dem Weg dorthin den gesamten Tisch um und gab undefinierbare Brunftschreie von sich.

Cleo sprang kopflos von ihrem Bett auf und traute ihren Augen nicht.

Edwin hatte inzwischen ein signalrotes Gesicht bekommen und hielt sich die Hände an seinen Magen.

»Ich verbrenne!« japste er voller Panik, und anscheinend konnte er nichts sehen, denn aus seinen Augen quollen dicke Tränen.

Mein Tabasco-Beaujolais hatte ganze Arbeit geleistet.

Edwin rotierte wie ein Stier in der Arena.

Blind vor Schmerz griff er mit einer Hand auf die heiße Herdplatte, um sich abzustützen.

Natürlich war diese heiß, weil ich vorher den Ofen angestellt hatte – vorsichtshalber.

Sein Schmerzensschrei war in sämtlichen sieben Stockwerken von Cleos Wohnsilo zu hören.

Tastend und wimmernd suchte er die Spüle und den rettenden Wasserhahn und räumte auf seiner Suche Cleos Arbeitsplatte systematisch ab.

Tassen, Teller, Gewürzgläschen und die Blumenvase mit dem verwelkten Petersilienstrauß flogen laut polternd auf den Boden. Cleos kleines Appartement sah inzwischen aus, als hätte es ein Erdbeben der mittleren Stärke mehr schlecht als recht überstanden.

Auch mir liefen inzwischen die Tränen, aber nicht vor Schmerz, sondern vor Lachen.

Hätte ich einen Magen gehabt, der mir als überirdisches Energiewesen natürlich genauso fehlte wie die Lachtränen, ich hätte mich gekrümmt vor Vergnügen.

So hatte ich meinen weltgewandten, stets kühl beherrschten Edwin noch nie erlebt.

Wohl hatte ich zu meinen Lebzeiten einen anderen Edwin kennenlernen müssen, dann nämlich, wenn dieser beschloß, krank zu sein. Und das war grauenvoll.

Ein Schnupfen oder eine leicht erhöhte Temperatur bewirkten bei ihm nicht nur eine laufende Nase oder Halsschmerzen. Nein, Edwin fiel mit seiner Erkältung automatisch ins Kleinkindalter zurück.

Ich hörte noch in Gedanken seine verzweifelte Stimme durchs Haus hallen.

»Rita, ich habe solche Kopfschmerzen.«

Rita flitzte, um Tabletten zu holen. »Schaaatz, ich kann nicht mehr schlucken!«

Rita sauste, um heiße Milch mit Honig aufzukochen. »Riitaa, ich bekomme so schlecht Luft. Mir ist so schwindlig!« Rita telefonierte sofort nach dem Hausarzt, um Schlimmeres zu verhindern.

Genas Edwin endlich von seinem fieberhaften Infekt, war er wieder der tatenvolle, kraftstrotzende Advokat, und zurück blieb eine Gattin, die wegen Übermüdung und nervlicher Erschöpfung eigentlich einen Kuraufenthalt benötigt hätte.

Das also zum Thema Edwin und Krankheiten.

Was er aber gerade im Moment durchmachen mußte, überbot noch meine beiden damaligen Aufenthalte im Kreißsaal.

Er litt ganz augenscheinlich Höllenqualen, und mit diesem Problem mußte nun meine hochgeschätzte Rivalin fertigwerden.

Wie eine Gewitterwolke fegte Cleo hysterisch in ihrem wehenden Negligé um Edwin herum und machte die Sache keineswegs besser. »Edwin, was ist los? Bist du wahnsinnig geworden?! Du ruinierst meine gesamte Wohnungseinrichtung!« kreischte sie wütend und rüttelte an seinem Ärmel.

Mein Witwer hatte inzwischen den Wasserhahn ertastet und hängte abwechselnd seinen Kopf und dann wieder seine angekokste Hand unter das laufende Wasser.

»Ich verbrenne! Überall! Du bist schuld mit deinem verdammten Wein!« gurgelte er unter dem Wasserhahn hervor und nahm wieder einen großen Schluck zum Löschen.

Cleo starrte ihn an, als hätte sie den Glöckner von Notre-Dame vor sich.

»Ich habe mir den teuersten Wein geben lassen, den die Vinothek zu bieten hatte. Wie kannst du mir nur die Schuld geben!« heulte sie los, und ihre Wimperntusche lief in großen schwarzen Bächen ihre Wangen hinab. Edwin starrte sie mit vorquellenden Augen haßerfüllt an, und das Wasser lief ihm aus den Mundwinkeln.

»Das war kein Wein, das war ein Salzsäure-Zyankali-Dynamit-Mix! Anstatt rumzuheulen, solltest du den Notarzt holen. Jede Minute zählt bei Vergiftungen, falls du das noch nicht weißt!«

Schluchzend ging Cleo zum Telefon und stammelte dem ärztlichen Notdienst etwas von einer Zyankali-Beaujolais-Dynamit-Vergiftung vor.

Zusammengekrümmt hatte Edwin inzwischen das Küchenfenster geöffnet und holte tief Luft.

Nun begann Teil zwei seines Leidensweges.

Wie bei jeder Unpäßlichkeit entwickelte er als Paradeatheist grenzenlose Todesangst.

Ich verfolgte grinsend seine panischen Gedanken.

Es heißt: Immer, wenn ein Ehepartner stirbt, holt ihn der andere nach, grübelte er verzweifelt. Bestimmt kann Rita mich von oben sehen und wollte mir eins auswischen, dachte er voll Panik und Endzeitstimmung.

Und ob ich ihn sehen konnte!

Vielleicht hat Cleo etwas in den Wein gemischt! Schließlich bin ich ein vermögender Mann! Aber nein, sie hat ja gar keine Erbansprüche, grübelte er weiter.

Mein Gott, laß mich nicht sterben, nicht jetzt! Ich habe noch so vieles vor! lamentierte Edwin und ging wieder zum Wasserhahn, um sein Magenbrennen zu bekämpfen.

Cleo hatte sich inzwischen in einen dicken Frottee-Bademantel gehüllt, um nicht die Sanitäter zu schockieren, und öffnete erleichtert die Tür, als es klingelte.

Der Notarzt war ein ruhiger, älterer Mann, der bei seinen Einsätzen schon vieles erlebt hatte und den so leicht nichts aus der Ruhe brachte.

Sofort registrierte er, daß der vermeintlich um sein Leben kämpfende Vergiftungsfall relativ munter unter der Wasserleitung hing und außer den Brandblasen an seinen Fingern keinerlei beunruhigende Symptome aufzeigte.

Er bat Edwin, sich auf einen Stuhl zu setzen, und kontrollierte wortlos Puls und Kreislauf. Dann schüttelte er ratlos seinen Kopf.

»Lieber Mann, wir müssen Sie in die Klinik bringen. Ich weiß nicht, was für Chemikalien Sie außer dem Wein zu sich genommen haben. Dazu brauchen wir Ihren Mageninhalt und ein Labor.«

Edwin sah ihn mit angstgeweiteten Augen an. »Magen auspumpen?« fragte er mit tonloser Stimme. Der Arzt nickte.

»Magen auspumpen!« antwortete er kopfnickend und gab den beiden Sanitätern ein Zeichen, den Patienten mitzunehmen.

Ich lag inzwischen auf Cleos Bett, um alles bequem beobachten zu können, und schlug mir vor Vergnügen auf die Schenkel.

Edwin konnte kein Blut sehen, keine Schmerzen ertragen, und Krankenhäuser waren für ihn etwas, das man aus seinem Vokabular und seinem Bewußtsein komplett herauszustreichen hatte.

Der Gedanke ans Magenauspumpen erfreute ihn mit Sicherheit ebenso wie der Gedanke ans Sterben.

Viel Vergnügen, lieber Witwer, dachte ich vollkommen unengelhaft. Edwin wurde zur Tür hinausgeschoben, und ich konnte sein Gejammere noch hören und fühlen, als er bereits angegurtet im Notarztwagen lag.

Der Doktor sah Cleo mitleidig an und füllte die notwendigen Personalien auf seinem Formular aus.

»Fräulein, bitte geben Sie mir vorsichtshalber die Weinflasche, aus der Herr Papa gebechert hat«, sagte er trocken und ohne eine Miene zu verziehen.

Cleo reichte ihm die angebrochene Flasche mit hochrotem Kopf und schniefte beleidigt auf.

»Der Patient ist nicht mein Vater!« stellte sie pikiert fest. Der Arzt sah sie belustigt an.

»Sondern?« fragte er.

Cleo hob das Kinn eine Etage höher.

»Mein Verlobter, wenn's recht ist. Herr Rechtsanwalt Dr. Kaminski!« fügte sie an.

Ich schüttelte den Kopf über soviel Dummheit. Sie ahnte nicht, auf welche Sackgasse ich sie zielsicher zustreben ließ.

»Ah ja«, sagte der Arzt und erhob sich zum Gehen.

»Ihr Verlobter wird mit Sicherheit bis morgen im Krankenhaus bleiben müssen. Am besten, Sie rufen heute abend die Krankenstation an, da wird man Ihnen weitere Auskünfte erteilen können.« Kopfschüttelnd verließ er Cleos Wohnung, und sie schloß erleichtert die Tür.

Frau Kaminski in spe war sichtlich mit den Nerven am Ende. Wütend riß sie sich den Bademantel vom Leib und suchte nach ihren Zigaretten.

Die Wuttränen rannen über ihr Gesicht.

Ihr phantastischer Plan war im Nichts zerronnen.

Welche Mühen hatte sie in diesen Abend investiert, und nun war alles umsonst gewesen!

In ihrer gekonntesten Aufmachung war sie zwei Wochen zuvor zu ihrem Gynäkologen Dr. Busel gestöckelt und hatte eine tränenreiche Inszenierung vorgetragen.

»Herr Doktor, mein Verlobter und ich wünschen uns schon seit Jahren ein Baby, aber es klappt einfach nicht!« schniefte sie verstohlen und ließ unmerklich ihren Rock bis zur Toleranzgrenze hochrutschen.

Dr. Busel war zwar aus rein beruflicher Sicht die weibliche Anatomie gewohnt, aber Cleos Anblick war ein Sahnetörtchen unter alten Brötchen, und mit denen hatte es Dr. Busel in der Hauptsache zu tun.

Mit seinem schmierigsten Akademikerlächeln beugte sich Dr. Busel über den Schreibtisch und sah Cleo schmachtend an.

»Meine Liebe, Sie sind vollkommen gesund, und deshalb werde ich Ihnen heute ein paar Tröpfchen aufschreiben, damit die Natur einen kleinen Schubs bekommt!« hofierte er seine Patientin und schrieb bereitwillig ein Rezept aus.

Er wies Cleo noch an, ihr Liebesleben in den nächsten Tagen zu intensivieren, und verschwieg tunlichst, daß er sich am liebsten selbst für diese nette Aufgabe zur Verfügung gestellt hätte. Cleo nahm also tapfer ihre Tropfen und hatte sich anhand des Thermometers zielsicher an ihre empfängnisbereiten Tage herangearbeitet.

Der versaute Abend mit Edwin war ihrer Berechnung nach der beste Zeitpunkt, um Erfolg erhoffen zu lassen.

Edwins Interesse an ihrer Person hatte in letzter Zeit deutlich nachgelassen, und es war ihr vollkommen klar, daß nur eine Gewaltkur ihn in die gewünschten Bahnen lenken konnte.

Ein hochangesehener Rechtsanwalt wie Edwin konnte sich in einer Kleinstadt wie der unsrigen unmöglich den Skandal leisten, ein lediges Kind in die Welt zu setzen.

Er mußte Cleo heiraten, wenn sie erst einmal guter Hoffnung war. Wenn sie nur geahnt hätte, wie zurückhaltend Edwin in bezug auf Kinder reagierte!

Er war unseren Kindern ein herzensguter Vater, aber wenn sie die Windeln voll hatten oder meinten, sie müßten die Nächte durchbrüllen, dann schickte er diplomatisch mich an die Front.

Sein deutliches Aufatmen war nicht zu überhören, als unsere beiden Sprößlinge aus dem Gröbsten heraus waren, und er gab mir unmißverständlich zu verstehen, daß er nichts von Großfamilien hielt.

So begnügte ich mich also mit meinen beiden Kindern und verschwieg tunlichst, daß ich mir gerne noch ein drittes und vielleicht sogar noch ein viertes angeschafft hätte, wenn er grünes Licht gegeben hätte.

Edwin wäre bei einer erneuten Schwangerschaft mit Sicherheit zum Zigarettenholen gegangen und auf Nimmerwiedersehen verschwunden.

Er war einfach ein zu großer Phlegmatiker und Egoist, um seine Ansprüche zugunsten eines zahlreichen Nachwuchses erheblich einzuschränken.

Aber das wußte Cleo noch nicht, und so grübelte sie fieberhaft darüber nach, wie sie zu einer Schwangerschaft kommen konnte.

# 14

Plötzlich kam ihr eine grandiose Idee.

Triumphierend griff sie zum Telefonhörer und wählte Jimmys Nummer.

Nach längerem Läuten meldete er sich mit verschlafener Stimme. »Hör mal, mein Süßer! Du wirst deinen faulen Arsch gefälligst aus deinem Bett bewegen und in Windeseile zu mir kommen!« sagte Cleo mit harter Stimme, und so gefiel sie mir schon besser, denn jetzt zeigte sie ihr wahres Gesicht.

Jimmy war auch nicht gerade freundlich aufgelegt und keifte schlechtgelaunt zurück:

»Was ist denn los, Zuckerpuppe? Ich dachte, dein alter Knacker ist bei dir. Hast du ihn rausgeschmissen, oder was ist los?« meckerte er. Entnervt schlug Cleo die Augen zur Decke.

»Es ist was schiefgelaufen, aber das erzähl ich dir, wenn du bei mir bist. Komm jetzt erst mal, und das bitte schnell.«

Mit diesen Worten legte sie den Hörer auf und atmete tief durch.

Ich schwebte derweil in ihr Bad, denn ich wußte bereits im voraus, daß sie eine Dusche nehmen würde.

Ich hörte sie bereits hinter mir hertapsen und konnte mich gerade noch rechtzeitig in Beobachtungsstellung auf ihrem Klodeckel niederlassen, als sie bereits die Dusche aufdrehte.

Dann ließ sie ihre Hüllen fallen, und was ich zu sehen bekam, ließ mich vor Neid erblassen.

Eine weiße Alabasterhaut, ein Busen wie der einer griechischen Büste, eine Taille wie die der Monroe zu ihren besten Zeiten und ein Hinterteil wie ein Granatapfel.

Cleos nackter Anblick stellte schlichtweg eine anatomische Leckerei dar.

Mein Gott, nun konnte ich die Männer verstehen, wenn sie der Fleischeslust nachgaben.

Was mußte es für eine Labsal sein, wenn ein alter Ehemann, der tagein, tagaus Zellulitis, Speckringe, Hängehintern und Krampfadern gewohnt war, plötzlich so eine weibliche Aphrodite serviert bekam.

Die wenigsten konnten da widerstehen!

Aber trotzdem! Die verdammten Seitensprünge vergifteten zumindest in unserer Ehe das Klima empfindlich.

Mein lieber Edwin wurde stets von einer leisen Unzufriedenheit und einer gewissen Ungeduld umhergetrieben, wenn er ein Techtelmechtel hatte.

Im übrigen war mein Anblick auch nicht zu verachten. Ich war mir absolut sicher, daß jeder ausgehungerte Galeerensträfling sich blind auf mich gestürzt hätte und mit dem, was ich noch zu bieten hatte, restlos zufrieden gewesen wäre.

Leider wollte ich meine Wirkung nie ausprobieren, außer bei Edwin natürlich, doch der war dank dem unvermeidbaren Gewohnheitseffekt einer langjährigen Ehe restlos abgestumpft.

Doch zurück zu Cleo, die ihren Alabasterkörper genußvoll unter der Dusche einseifte.

Ich kippte fast vom Klo, als ich ihre Gedanken spürte.

Edwin ist ein alter Trottel! Trauert um seine Alte wie ein kleines Kind, dem man die Mutter genommen hat! Es wird

Zeit, daß ich etwas unternehme, sonst ist der Goldfisch weg von der Angel! Ich muß unbedingt schwanger werden! Es ist der einzige Weg, um an die Kohle heranzukommen! Er kann es sich unmöglich leisten, in unserer Kleinstadt einen solchen Skandal zu haben.

Im übrigen sind mir seine Kinder aus erster Ehe ein Dorn im Auge! Diese Julia mit ihrem damenhaften Getue ertrage ich nicht mehr lange, grübelte Cleo und ließ sich die warmen Wasserstrahlen übers Gesicht laufen.

Ich zog vor Wut meine gesamte Energie zusammen, und ich sorgte dafür, daß in Sekundenbruchteilen aus angenehm warmem Wasser ein erfrischender Eiswasser-Quell wurde.

Cleo kreischte auf, als hätte man sie in eine Rattenkolonie gesetzt. Kopflos sprang sie aus der Dusche und rutschte elegant zu meinen Füßen aus.

Welch harmlose Strafe für so ein boshaftes Wesen!

In diesem Moment läutete es an der Wohnungstüre.

Fluchend erhob sich Cleo vom Badezimmerboden und hinkte zur Tür, um sie zu öffnen.

Grinsend stand Jimmy davor und zwängte sich uncharmant in die Wohnung, vorbei an Cleo.

»Na, meine kleine Puppe, womit kann dir Onkel Jimmy helfen?« fragte er gespielt gelassen und sah sich neugierig um.

Was für ein armseliges Würstchen war doch mein Mörder! Aber ich konnte ihn nicht einmal mehr hassen, und meine Strafe für sein Verbrechen würde schlimmer für ihn ausfallen als der strengste Knast.

Nur ahnte er noch nichts von seinem Schicksal, das in Form von Cleo bereits auf ihn lauerte.

»Hör mal zu, du armseliger Penner«, keifte sie los, und wieder stellte ich erstaunt fest, wie perfekt Cleo schauspielern konnte, wenn es darum ging, Edwin gegenüber sanftmütig zu erscheinen.

»Ich kriege den Alten nicht freiwillig so weit, mit mir vor das Standesamt zu gehen. Also was, glaubst du, könnte ihn dazu bringen?« fragte sie lauernd und musterte ihn abschätzend.

Jimmy schüttelte nichtsahnend seine muskulösen Schultern und sah sie provozierend an.

»Na, halt ihm doch eine Pistole in den Rücken!« gackerte er albern los und verstummte augenblicklich wieder unter Cleos giftigen Blicken.

»Ich weiß es nicht, sag du es mir!« murmelte er unterwürfig. Er erinnerte mich an eine Dogge, die devot kuschte, wenn man sie mit Füßen trat.

»Ich muß schwanger werden!« sagte Cleo ganz langsam und bedrohlich leise und trat mit ihrem frisch geduschten und nackten Körper dicht an ihn heran.

Jimmy, der auch nur ein Mann war, wurde leicht nervös und griff mit seiner Hand vorsichtig um ihre Taille.

»Findest du nicht, Süße, daß du verdammt wenig anhast?« fragte er verunsichert.

Sie lächelte ihn siegessicher an.

»Der Alte liegt im Krankenhaus und ist wohl noch längere Zeit nicht einsatzfähig! Kapierst du? Ich brauche einen Kerl, um einen dicken Bauch zu kriegen! Der dämliche Opa wird nicht groß fragen, von wem der Bauch sein wird. Kannst du meinen Gedanken folgen?« fragte sie mit einem beängstigend aggressiven Unterton.

Jimmy zog die Augenbrauen hoch und grinste sein entsetzlich häßliches Ganovengrinsen.

»Na klar, Puppe. Du brauchst mich. Na, denn mal ran!« sagte er und schob sie in Richtung Bett.

Ich beschloß, mich umgehend aus diesem Sündenbabel wegzudenken, denn ich konnte mir auch so vorstellen, was nun passieren würde.

Und es sollte auch ruhig passieren, denn damit konnte das strafende Schicksal seinen Lauf nehmen.

# 15

Ich wollte noch nicht in mein leeres und stilles Haus zurückkehren, und außerdem war es sowieso Zeit, daß ich mich um meine Kinder kümmerte, anstatt meine noch verbleibende Zeit mit dieser Schlingpflanze Cleo zu verplempern.

Ein kurzer Gedanke, und ich befand mich in dem kleinen, bescheidenen Appartement, das Alexander und Anja bewohnten.

Die beiden schienen gerade einen ruhigen Nachmittag zu verbringen, denn sie saßen einträchtig auf ihrer verschlissenen Couch beieinander und unterhielten sich über ihre Zukunft.

Zugegeben, es störte mich nicht mehr großartig, daß ich inzwischen verstorben war, aber immer wenn ich meine Kinder sah, tat es mir wieder weh, ein unsichtbares Etwas zu sein.

Alexander hatte die Hand auf Anjas Bauch gelegt und lächelte.

»Weißt du, Anja, Mutter hat sich immer Enkelkinder gewünscht. Sie hatte nie Probleme mit dem »Oma«-Werden. Wenn es nach ihr gegangen wäre, hätte sie selbst wahrscheinlich zehn Kinder gehabt. Sie war so fröhlich, wenn Jugend um sie herum war.

Aber Papa, dieser alte Griesgram, rümpfte jedesmal die Nase, wenn Bälle durch den Garten flogen, wir die Treppen herunterrutschten oder bei Tisch ein Glas Milch umflog.

Wie soll ich ihm nur schonend beibringen, daß ich nicht der nächste Bundeskanzler zu werden gedenke und daß mir ein zufriedenes Familienleben tausendmal lieber ist als seine Lust am Studium von Bankkonten oder seine protzigen Hobbys«, murmelte Alex traurig, und ich hätte ihn in diesem Moment am liebsten abgeküßt.

Mein Leben hatte sich gelohnt! So, wie ich es gelebt hatte, trug es im nachhinein reiche Früchte.

Meine Tochter und mein Sohn hatten beide große Herzen, und der Sinn und das Gespür für die wichtigen Dinge des Lebens waren ihnen nicht abhanden gekommen.

Meine Liebe und Fürsorge gaben ihnen die Möglichkeit, selbst wieder zu lieben und nicht in materiellen Dingen zu ersticken.

Anja, die mit Sicherheit eine prächtige Schwiegertochter abgegeben hätte, lehnte sich zärtlich an Alex.

»Schatz, wir schaffen das schon. Ich habe ja Gott sei Dank den Job als Bedienung, und wenn der Bauch dicker wird, dann suche ich mir eben eine leichtere Arbeit. Dein Studium dauert ja nicht mehr ewig, und dann kannst du für uns sorgen«, munterte sie ihn liebevoll auf.

Alex lächelte und drückte sie wieder.

»Weißt du, eigentlich wäre ich ja gerne Rechtsanwalt, aber nicht so ein Paragraphenmonster wie mein Vater. Ich möchte gerne die Leute verteidigen, die vom Recht erdrückt werden, nur weil sie sich absolut keinen Anwalt leisten können.

Vater interessiert sich nur für Fälle, an denen er am meisten verdient. Wenn's sein muß, würde er Hitler verteidigen, nur um die große Kohle zu machen. Und das würde ich niemals tun«, ereiferte sich mein Sohn.

Wenn Alex nur wüßte ...

In jungen Jahren hatte Edwin mir vorgeschwärmt, wie sehr er das Recht liebe und was es ihm bedeute, den Armen und Unschuldigen zu helfen.

Mit den ersten Honoraren und Erfolgen schlich sich die Gier nach Geld und Macht in Edwins Herz, und er wurde immer abweisender bei aussichtslos scheinenden Fällen.

Die Jahre würden zeigen, ob mein Sohn die Fehler seines Vaters wiederholen würde.

Anja erhob sich von der Couch und zog ihre alte Jacke über. »Alex, ich gehe noch ein wenig im Park spazieren. Es lenkt ein wenig von unseren Geldsorgen ab und tut im übrigen dem Baby gut!« sagte sie aufmunternd.

Alexander lief ihr lachend nach und gab ihr einen Klaps auf den Po.

»Ich komme mit! Vielleicht finden wir im Park unter den alten Bäumen einen verlorenen Schatz und sind alle unsere Sorgen los«, schäkerte er und schloß die Tür.

Betroffen sah ich mich in der kleinen Studentenbude um.

Ich hatte nicht gewußt, daß die Kinder in so ärmlichen Verhältnissen wohnen mußten.

Es war nicht immer leicht gewesen, unter Edwins gestrengen Augen meinem Sohn etwas Geld zukommen zu lassen.

Edwin war der Meinung, nur eine harte Schule sei eine gute, und hielt seine Kinder während des Studiums entsprechend kurz.

Hatte die Höhere Macht nicht gesagt, ein Jahr lang könnte ich Dinge von Ort zu Ort bringen, alles hören und sehen und die Materie verändern, wie ich wollte?

Na gut, dann war hier die beste Gelegenheit, meine Zauberkünste auszuprobieren.

Anjas kleine Küche hatte dringend eine forsche Hand notwendig. Schwups, Wasserhahn aufgedacht.

Das Geschirr schwebte im Eiltempo in das Spülbecken, und ich sah genußvoll zu, wie es sauber wieder herauskam, ohne daß ich mir die Hände schmutzig machen mußte.

Schnell in die Schränke damit, und während ich den Lappen die Armaturen polieren ließ, zog ich mit meiner Energie den Staubsauger aus der Ecke hervor und ließ ihn durch das kleine Wohnzimmer düsen.

Mein Gott, hier fehlte es an den elementarsten Dingen, um sich wohlfühlen zu können.

Wenn ich doch nur zu Hause auf meinem Dachboden sein könnte ... Ich hatte es noch nicht gedacht, da stand ich schon auf dem Speicher meiner alten Villa und sah mich inmitten alter Kartons und Möbel.

Ah ja, der alte Schaukelstuhl würde sich nett machen bei den jungen Leuten.

Gleich auf die Seite damit!

Irgendwo hatte ich doch einen Karton mit hübschen Gardinen. Schon rutschte er mir entgegen, und ich setzte mich darauf, um besser suchen und aussortieren zu können.

Der alte Berberteppich würde es gemütlicher machen, und Tischdecken konnten sie auch gebrauchen.

In der Ecke stand ein Stück, das viele lange Jahre in der Abgeschiedenheit der Dachkammer zugebracht hatte: der Stubenwagen meiner Kinder!

Weiße Rüschen, dicke Kissen und ein riesengroßer Teddybär warteten sehnsüchtig auf rosige Händchen, die tapsig nach ihnen griffen.

Ich dachte mich im Eiltempo in mein Schlafzimmer und öffnete hastig meinen Kleiderschrank.

Gott sei Dank hatte Edwin meine Sachen noch nicht wegbringen lassen, und so fand ich unter meinen fein säuberlich sortierten Unterhosen ein Stoffbeutelchen, von dem man annahm, daß es Duftlavendel enthielt.

Dem war aber nicht so.

Es war mein Hamsterbeutel gewesen.

Welche Frau hat nicht gern ein geheimes Versteck mit einer kleinen Rücklage?

Meine Rücklage hatte sich im Laufe der Zeit zu einer netten Summe entwickelt, und zu Lebzeiten hatte ich sie eigentlich nur deponiert, um die Gewißheit zu haben, daß ich zwischen meinen Unterhosen ein hübsches Geheimnis stekken hatte.

Jetzt machte sich die Hamsterei bezahlt!

Was sollte ich als Geist mit einer Scheckkarte anfangen, oder wie sollte ich am Bankschalter abheben?

Ich jubelte innerlich und schwebte noch schnell in unseren Vorratskeller.

Butter, ein paar Weine, Tiefgefrorenes und Marmelade, die ich trotz allen Wohlstandes immer noch selbst mit Herta jedes Jahr eingekocht hatte, mußten bei meinem Gedankensprung mitkommen.

Beladen wie ein Muli sauste ich durch das, was die Menschen Zeit und Raum nennen, und befand mich wieder in der kleinen Studentenbude.

Teppich ausgerollt, Schaukelstuhl aufgestellt, Tischdecke auf den Tisch und Gardinen an die Fenster.

Mit ihrem goldfarbenen Sonnenblumenmuster gaben sie der kleinen Behausung eine fröhliche und gemütliche Atmosphäre.

In der Küche fehlten ebenso ein paar hübsche Gardinen, und im Handumdrehen war auch das geändert.

Mit den gehäkelten Scheibengardinen sah es auch hier gleich viel wohnlicher aus.

Ich ließ Tee kochen und stellte von Herta noch den Gugelhupf auf den Tisch, den ich ihr ohne großes Fragen aus dem Ofen geklaut hatte.

Und dann ging mir allmählich die Luft aus.

Auch die Batterien von Geistern brennen nicht ewig. Mein Tag war beileibe verdammt anstrengend gewesen, und ich wußte, was mir fehlte.

Zumindest zu Lebzeiten hatte es mich immer aufgerichtet, wenn ich meinem einzigen Laster frönen konnte, das ich eigentlich hatte. Abstinente nennen es gehässig »Paffen« oder »Qualmen«.

Ich nannte es genüßlich »Rauchen«.

Und genau danach war mir jetzt. Aber womit Zigaretten besorgen, und wie als durchsichtiges Wesen rauchen?

Traurig ging ich zur Balkontür und öffnete sie, um noch etwas frische Luft in die Zimmer zu lassen.

Und da lagen sie auf dem Balkontisch. Eine Schachtel Zigaretten und ein Feuerzeug.

Herrlich, wunderbar!

Ob das Höhere Wesen mir eine einzige vergönnen würde?

Bestimmt nicht! Als Engel mußte ich über Laster und Untugenden erhaben sein.

Aber ich konnte es ja ausprobieren.

Einen Fehltritt würde man mir in der himmlischen Etage sicherlich nachsehen.

Ich griff sehnsüchtig zu, und nachdem das Objekt meiner Begierde brannte, nahm ich einen tiefen Zug und inhalierte.

Seltsam, es funktionierte, als ob ich einen Körper aus Materie gehabt hätte.

Die Engel schienen nichts zu bemerken, denn niemand ermahnte mich, und anscheinend konnte man als Jenseitiger zwar nicht essen, trinken und na, Sie wissen schon, aber das Rauchen klappte grandios.

Ich war in diesem Moment wohl das glücklichste Wesen zwischen Wolken und Sternenhimmel.

Sünden machen eben doch noch immer am meisten Spaß.

Tief und genußvoll sog ich den Rauch in meine imaginären Lungen ein und paffte vor mich hin wie eine alte Dampflok.

Ich freute mich schon diebisch auf den Moment, wenn die beiden jungen Leute nach Hause kommen und vermutlich vor Verwunderung keinen Ton herausbringen würden.

Stolz betrachtete ich ihre Behausung.

Es blitzte und spiegelte in allen Winkeln, und war es vorher bescheiden und karg gewesen, so sah es jetzt kuschelig und behaglich aus.

Der Stubenwagen in der Mitte des Zimmers stach sofort ins Auge, und auf die Kissen hatte ich gut sichtbar einen Umschlag mit Geld gelegt.

Ich hatte in der Küche heißen Tee aufgesetzt, und Hertas Gugelhupf stand einladend auf dem Wohnzimmertisch, den ich mit einer Häkeldecke aufgemöbelt hatte.

Aber auch Engel sind eitle Wesen, und ich wollte sichergehen, daß meine Kinder wußten, woher der ganze Segen stammte.

Außerdem mußten sie über meine Anwesenheit unbedingt eingeweiht werden, denn ich brauchte Unterstützung und Mitwisser bei meinem Feldzug gegen Cleo.

Zufrieden drückte ich die Zigarette im Blumenkasten aus und schwebte in die Wohnstube zurück.

Auf Alexanders Schreibtisch lagen Unmengen von Zetteln und Stiften, und ich nahm mir Schreibzeug, um eine Nachricht zu verfassen.

Es war gar nicht so leicht, die richtigen und vor allem glaubwürdige Worte zu finden.

»Meine lieben Kinder!

Ich hoffe, ihr freut euch ein bißchen an dem, was ich so eigenmächtig in euren vier Wänden veranstaltet habe. Ihr sollt wissen, daß ich nicht »tot« bin. Nur mein Körper hat sich verändert, und deshalb könnt ihr mich weder hören noch sehen.

Aber ich höre und sehe euch, und wenn ihr wollt, daß ich euch antworte, legt mir Papier und Stift bereit. Übrigens, Alexander: Sprich noch nicht mit deinem Vater. Er wird von ganz alleine auf dich zukommen.

Und wundert euch in der nächsten Zeit über nichts, was in eurem Elternhaus geschieht. Es wird alles gut werden. Ich freue mich auf mein Enkelkind.

Eure Mama.«

Selig las ich die Zeilen noch einmal durch, als ich den Schlüssel das Türschloß aufsperren hörte.

Die jungen Leute kamen anscheinend von ihrem Spaziergang nach Hause.

Alexander kam als erster herein und sah sich verschreckt um. Dann ging er rückwärts wieder hinaus und knallte erschrocken die Wohnungstüre zu.

Anja sah ihn belustigt an.

»Ist ein Monster in unserer Wohnung, oder wollte E. T. von dir einen Begrüßungskuß?« flachste sie und drängte sich an ihm vorbei.

Alex schob sie zum Lift zurück und drückte drinnen noch einmal auf den Parterre-Knopf.

»Kleine, wir müssen uns im Stockwerk geirrt haben«, wunderte er sich und ließ den Aufzug noch einmal in die vierte Etage fahren, in der sie wohnten.

Diesmal sperrte Anja resolut die Türe auf, und sie machte beim Eintreten ein ebenso dummes Gesicht wie Alexander.

»Alex, es ist unsere Wohnung!« murmelte sie fassungslos und zeigte auf seinen Schreibtisch.

Dann drückte sie meinem Sohn ihren Mantel in die Hand und sah sich neugierig um.

»Eine Zauberfee hat aus unserem Armenhaus ein Kuschelparadies geschaffen«, murmelte sie.

Alex schüttelte den Kopf.

»Es muß jemand aus meiner Familie hier gewesen sein«, recherchierte er.

Anja schrie begeistert auf.

»Sieh mal, alles ist blitzesauber geputzt worden.

Der herrliche Teppich, die Gardinen und Vorhänge, Tee dampft in der Küche, ein Kuchen steht schon da und« – sie ließ einen Freudenschrei los – »sieh den bezaubernden Stubenwagen!«

Alex registrierte die Dinge kopfschüttelnd. »Die Sachen sind alle aus meinem Elternhaus. In diesem Stubenwagen lagen bereits meine Schwester und ich.«

Er trat näher heran und sah den Umschlag auf dem Kissen liegen. Neugierig öffnete er ihn und wurde kreidebleich.

»Sieh mal, Anja, da ist Geld drin. Genügend Geld, um die nächste Miete und alle offenen Rechnungen zu begleichen«, rief er überglücklich.

Anja hatte inzwischen Tee in die Tassen gegossen und nahm sich, ganz werdende Mutter, mit Heißhunger ein Stück von Hertas grandiosem Gugelhupf.

»Es kann nur dein Vater oder deine Schwester hinter diesem Wunderwerk stecken. Ich frage mich nur, woher sie einen Schlüssel hatten, um in die Wohnung zu gelangen, und warum uns plötzlich soviel Gutes zuteil werden durfte«, rätselte sie.

Alex sah sich immer noch fassungslos um.

»Wir haben doch noch keiner Menschenseele erzählt, daß du schwanger bist«, sagte er grübelnd.

»Warum ist der Stubenwagen da?«

Anja hielt ihm einladend seine Tasse Tee hin, und da sie beide keinerlei Anstalten machten, einen Blick auf den

Schreibtisch zu werfen, wo meine Nachricht für sie lag, beschloß ich, den Geschehnissen etwas auf die Beine zu helfen.

Alex wollte gerade einen Schluck aus seiner Tasse nehmen, als der weiße Zettel sich elegant schwebend auf ihn zubewegte.

Anjas Teetasse begann zu klirren, und mühselig unterdrückte sie ein hysterisches Kreischen.

»Siehst du *das*?« hauchte sie atemlos.

Alexander stellte sich schützend vor sein schwangeres Mädel und und streckte schlotternd die Hand aus.

Es war wieder an der Zeit, daß mein Sohnemann sich auf die Unterlippe biß, und genau das tat er auch.

Ich wollte meine Schwiegertochter in ihrem Zustand nicht unnötig erschrecken, und deshalb drückte ich meinem Sohn resolut den Zettel in die Hand.

Mit großen Telleraugen las er meine Nachricht laut vor.

Anja sah fassungslos zu ihm auf.

»Da macht sich jemand mit uns einen ganz gemeinen Scherz«, flüsterte sie.

Ach Gott, diese ungläubigen Erdenkinder!

Das Mädel schien noch immer nicht zu begreifen, daß ein Wesen aus dem Jenseits sehr wohl noch quicklebendig sein kann.

Also mußte ich bei meiner Show noch eins drauflegen, um glaubwürdig zu erscheinen.

Genüßlich zog ich die Vorhänge an den Fenstern auf und zu und platzte fast vor Lachen, als ich die verdutzten Gesichter der beiden sah.

Meine Vorstellung mußte die beiden komplett überzeugen, und deshalb ließ ich ganz nebenbei zwei Teller vor ihre Nasen schweben, bestückt mit Hertas leckerem Kuchen.

Alexander drehte sich im Kreise und starrte ins Leere, wohl in der Hoffnung, mich sehen zu können.

»Ich habe nie geglaubt, daß du tot bist, Mama. Aber wo bist du dann, wenn es dich noch gibt?« schrie er mit sich überschlagender Stimme.

Anja, mit genügend weiblicher Intuition ausgestattet, richtete ihren Blick zielsicher auf die Stelle, wo ich mich befand.

Ich saß inzwischen im Schneidersitz auf Alexanders Schreibtisch und wartete die Reaktionen der beiden gespannt ab. »Schwiegermama, kannst du denn überhaupt nicht mit uns kommunizieren? Du hast doch in unserer Wohnung ein Riesenwunder vollbracht!« sagte sie mit fast verzweifeltem Unterton.

Es blieb mir nichts anderes übrig, als wieder einmal ein Blatt Papier zu nehmen und mühselig zu kritzeln.

»Liebe Anja!

Weil mein Tod nicht mit rechten Dingen zuging, darf ich noch ein Jahr lang auf der Erde bleiben.

Ich kann mit meiner geistigen Energie Dinge bewegen und verändern, Gedanken lesen, aber niemand hört mich oder sieht mich. Leider! Übrigens, ich sitze auf eurem Schreibtisch. Alexander, starre bitte nicht immer zur Deckenlampe, dort bin ich nämlich nicht«, antwortete ich mühselig.

Die beiden sahen fassungslos zu, wie sich der Bleistift hurtig auf dem Papier bewegte, und lasen laut mit.

Dann starrten sie sich eine Weile stumm an und faßten sich bei den Händen.

Schritt für Schritt kamen sie auf den Schreibtisch zu und blieben dann in respektierlichem Abstand vor mir stehen. Alexander biß sich wieder einmal mehr auf seine Unterlippe.

»Mama, ich vermisse dich so. Papa ist kaum noch ansprechbar, und wenn ich Julia nicht hätte, würde ich restlos verzweifeln. Sie kümmert sich um das Geschäftliche, bis ich mein Studium beendet habe. Weißt du eigentlich, daß du ein Enkelkind bekommst?« fragte er zaghaft.

Der Junge mußte vollkommen durcheinander sein, und so schob ich wortlos den Stubenwagen vor seine Nase.

Plötzlich löste sich die überspannte Stimmung, die wohl alle überirdischen Vorkommnisse auszulösen vermögen, und meine beiden Kinder lachten herzhaft los.

Anja fand ihren alten, burschikosen Humor wieder.

»Mama«, sagte sie, »ich darf dich doch Mama nennen? Du kannst wohl in meinen Bauch hineinsehen?«, und dabei gluckste sie vergnügt.

»Und ob ich das kann!« kritzelte ich wieder auf mein Papier.

»Ein prächtiges, gesundes Kind wird es auf jeden Fall. Und soviel ich weiß, könnte es ein Junge werden!«

Da ich dem jungen Paar die Spannung auf das große Ereignis nicht verderben wollte, setzte ich hinzu: »Es könnte aber auch ein Mädchen sein!«

Ich hatte gerade das letzte Wort niedergeschrieben, da drehte sich Alexander abrupt um und kroch in Windeseile unter sein Bett.

Nur noch seine Beine sahen heraus, und er wühlte hektisch unter seinen Matratzen.

Jetzt stutzte sogar ich mit meinen hellseherischen Fähigkeiten, da ich kurzfristig durch die lästige Schreiberei abgelenkt worden war.

Nach kurzer Zeit kam er wieder zum Vorschein und hatte einen Laptop in der Hand.

Sein Haar war zerzaust und voller Staubfusseln und sein Gesicht vor lauter Anstrengung puterrot.

»Mama, ich leih dir meinen tragbaren Computer. Damit kannst du in Sekundenschnelle mit deiner Gedankenenergie Sätze eintippen und auch wieder löschen.

Dann können wir uns viel besser und schneller unterhalten. Ihr Engel im Himmel lebt ja voll an der Neuzeit vorbei. Sag mal deinem Gott, er soll euch mit Kommunikationstechnik ausstatten, wenn er euch zum irdischen Fußvolk schickt«, ereiferte er sich.

Welch grandiose Idee! Nun war auch mein letztes Problem gelöst, zumindest was die technisch-praktische Seite betraf.

Geduldig erklärten mir Alex und Anja die Handhabung ihres Wunderkastens, und dann forderten sie mich auf, die erste Nachricht einzutippen.

Ich sah amüsiert die Tastatur an und begann, sie zu manipulieren. »Alex, bring mir doch noch eine Zigarette. Das ist nämlich das einzige, was mir noch an irdischen Genüssen und Lastern geblieben ist. Ich werde natürlich an der offenen Balkontür rauchen.«

Anja schüttelte lächelnd den Kopf und holte die Schachtel und das Feuerzeug ins Zimmer hinein.

»Ach Mama, ich würde dir jede Freude bereiten, die du dir nur wünschst, nachdem du uns so viel Glück und Freude gebracht hast.«

Sie legte die heißgeliebten Glimmstengel direkt vor meine Nase, und ich griff voller Verlangen zu.

An der geöffneten Balkontüre paffte ich wieder genußvoll los und ließ nebenbei den Laptop meine Gedanken sichtbar werden.

»Kinder, ich weiß, daß ihr Angst davor habt, Vater von eurem Baby zu erzählen. Tut es momentan nicht! Er wird von ganz allein auf euch zukommen, und eure Probleme werden sich von selbst lösen.

Alexander, konzentriere dich bitte mehr als bisher auf dein Studium, denn du sollst einmal die Kanzlei übernehmen. Du hast eine starke Frau an deiner Seite, und du bist ein talentierter Mann.

Vater wird sich nicht mehr lange um die Geschäfte kümmern können, und Julia, deine Schwester, wird ebenfalls bald Mutter werden. Sie weiß es nur noch nicht, und ich will auch nicht, daß ihr es Julia sagt. Aber auch sie hat nicht mehr lange die Zeit, eine so große Kanzlei wie die unsrige zu leiten.«

Während die beiden fasziniert meine Zeilen mitverfolgten, schwebte an ihrer Wohnzimmertür vergnügt eine Zigarette in der Luft, und Rauchkringel verflüchtigten sich schnell in den Himmel hinaus.

Alexander starrte in meine Richtung und schüttelte den Kopf.

»Mama, ehrlich gesagt stehe ich unter einem Schock. Man hat ja nicht jeden Tag mit Geistern zu tun! Aber ich werde mich bemühen, bald das Examen zu machen, schon allein deshalb, weil ich bald eine Familie haben werde«, entgegnete er optimistisch.

Ich ließ den Laptop in Sekundenschnelle antworten.

»Ich bitte euch, wirklich zu niemandem auch nur ein Sterbenswörtchen über den heutigen Vorfall zu sagen. Einzig Herta weiß bereits von meiner Anwesenheit. Zu ihr könnt ihr sprechen.

Nun will ich euch nicht länger stören. Wenn ihr mich braucht, denkt einfach an mich. Dann werde ich mich wieder bemerkbar machen.«

Alexander klappte nach diesen Worten den Laptop zusammen und stellte ihn auf den Schreibtisch.

»Nimm ihn mit, Mama, du wirst ihn sicher noch öfter brauchen können.«

Anja schob sich vor meinen Sohn und schickte einen angedeuteten Handkuß in meine Richtung.

»Mama, ich danke dir so sehr. Ich bin sehr traurig, daß du nicht mehr so richtig da bist.«

Tränen traten in ihre Augen, und ich ärgerte mich grün und blau, daß ich sie nicht an mich drücken konnte.

Aber der Tag war auch für einen Geist mehr als anstrengend und aufregend gewesen, und so hatte ich nur noch den einen Wunsch, zu Hause in meinem warmen und dunklen Kleiderschrank ein Nickerchen zu halten.

Ich steckte meine Zigarette in den Aschenbecher und ließ einen Luftzug die Balkontür schließen.

Dann schloß ich die Augen und beamte mich mit dem Laptop unter dem Arm in meine vier Wände.

Herta hatte den Schrank extra für mich gut gelüftet und die Kleider ausgeräumt, damit ich mehr Platz hatte.

Da sie annahm, ich hätte noch Knochen, die schmerzen könnten, hatte sie den Schrankboden mit weichen Kissen ausstaffiert und eine Wolldecke obenauf gelegt.

Ich lächelte selig und verzog mich in eine Ecke.

Welch ein Tag lag nur hinter mir!

Innerhalb weniger Minuten war ich eingeschlafen und träumte vom Himmelreich, in dem es weder Cleos noch Rauchverbot gab.

# 16

Aber meine Ruhe war nur von kurzer Dauer.

Unten in der Diele schmiß jemand mit großer Wucht die Haustüre zu, und ich konnte Edwins zornige Stimme hören.

»Heeerrta!« brüllte er und stützte sich schwer am Treppengeländer auf.

In Sekundenschnelle stand ich neben ihm und kauerte mich auf den Treppenabsatz.

Mein allerliebster, trauernder Witwer war wohl aufgrund seiner Wehleidigkeit aus dem Krankenhaus hinauskomplimentiert und zum Auskurieren nach Hause geschickt worden.

Herta stürmte aus ihrer Küche und schlug die Hände über dem Kopf zusammen.

»Gnädiger Herr, was ist Ihnen denn passiert?« lamentierte sie los. »Die Katastrophen in diesem Haus reißen ja gar nicht mehr ab.«

Mitleidig starrte sie ihren Brötchengeber an.

Edwin setzte sich neben mich auf den Treppenabsatz, und ich hätte ihn am liebsten vor die Haustür gesetzt für seine hinterhältigen Affären.

Aber es war nicht mehr mein Haus, ich war jetzt eine offizielle Grab- und Friedhofsbewohnerin.

Edwins angekokste Hand war in einem imposanten Mullverband verpackt, und der Tabascogenuß hatte sein Innenleben so angekurbelt, daß er noch immer eine krebsrote Gesichtsfarbe und verquollene Augen hatte.

Edwin erweckte den Eindruck, aus einem Freddy-Krueger-Film ausgebüchst zu sein, und sah vermutlich schlimmer aus als ich nach meinem Autounfall.

Und natürlich litt er wieder wie eine Wöchnerin bei den Preßwehen.

»Herta«, jaulte er nun deutlich sanfter, »ich war noch ein wenig an der frischen Luft, als ich plötzlich ohnmächtig wurde und auf der Parkbank umsank«, log er unverfroren.

Herta sah ihn skeptisch an.

»Man hat mich gefunden und in die Klinik gebracht, aber anscheinend war es nur die Aufregung oder vielleicht mein schwaches Herz!« winselte er, und ich platzte fast vor Wut, als ich seine Münchhausen-Geschichte hörte.

Herta war aber auch nicht auf den Kopf gefallen und deutete auf seine Hand.

»Was haben Sie denn mit ihrer Hand gemacht? Sind Sie vielleicht draufgefallen?« fragte sie mißtrauisch.

Edwin strahlte sie breit und dankbar an.

»Genau, Hertalein, ich bin umgekippt und draufgefallen. Naja, jedenfalls in der Klinik bin ich freiwillig nicht geblieben. Die Kinder haben gerade ihre Mutter verloren, und da kann ich nicht auch noch schlappmachen«, pustete er tapfer los wie Napoleon beim Sturm auf Moskau.

Mühselig erhob er sich von der Treppe und sah Herta an, als sei sie ein armes Negerlein.

»Meine liebe Herta, Sie sind eine solch treue Perle, und ich habe das früher nie bemerkt. Ab nächsten Monat sollen Sie ein besseres Gehalt bekommen und natürlich mehr Freizeit.

Aber jetzt möchte ich nur noch schlafen, und bitte kochen Sie mir eine Tasse heißen Tee! Ich bin in meinem Schlafzimmer!« beendete er seine Ansprache und schob sich mühselig die Treppen hinauf.

Der alte Gauner hatte wohlweislich verschwiegen, daß ihn in der Klinik eine geharnischte Oberschwester erwartet hatte, die von Berufs wegen eine Allergie gegen Trunkenbolde und Simulanten hatte.

Gehässig hatte sie Edwin das Untersuchungsergebnis aus dem Labor präsentiert, wo man emsig den Flascheninhalt untersucht hatte und natürlich auch Edwins ausgepumpten Mageninhalt.

Bei dieser reizenden und lebenserhaltenden Prozedur hatten übrigens drei Pfleger meinen vor Panik rasenden Ehemann festhalten müssen, und der Doktor drohte seinem undisziplinierten Patienten mit Zwangsjacke.

Wie gesagt, die Oberschwester fand das Untersuchungsergebnis gar nicht komisch und sah meinen auf dem Bett dahinsiechenden Gatten wütend an.

»Herr Kaminski«, keifte sie los.

Edwin unterbrach sie mit zaghafter Stimme. »Dr. Kaminski, bitte. Dr. iur. Kaminski!« stellte er kleinlich fest. Die Oberschwester schnaubte wie ein von einer Hornisse gestochener Gaul.

»Sie sind im Moment mein Patient. Nicht mehr und nicht weniger, Herr Kaminski. Wie kann man nur in Ihrem Alter im Alkohol völlen und dann in einem Zustand, den ich vornehm mit *nicht bei Verstand sein* titulieren möchte, *Tabasco* in sich hineinschütten?!

Das haben wir nämlich herausgefunden! Sie haben Tabasco und Wein getrunken. Mein Gott, wie absurd!«

Sie verdrehte fassungslos die Augen.

Edwin sah sie noch fassungsloser an.

»Meine Gnädigste!« keifte er nun gar nicht mehr so schwächlich zurück.

»Wenn Sie andeuten wollen, daß ich nicht ganz dicht bin und mich in meiner Freizeit sinnlos betrinken und das ganze mit Tabasco krönen muß, dann verweise ich Sie darauf, daß ich einem üblen Scherz zum Opfer gefallen bin«, versuchte er zu retten, was noch zu retten war.

Schwester Lieselotte, so hieß die Gute, ließ sich nicht beirren. Sie empfahl Edwin, ohne mit der Wimper zu zucken, eine Therapie zur Bekämpfung von Alkoholmißbrauch und riet ihm richtigerweise, seinen Bekanntenkreis zu ändern, wenn dieser ihm Würzmittel der feurigsten Art in das Glas schütte.

Daraufhin verließ Edwin auf eigene Verantwortung das Krankenhaus, nicht ohne Schwester Lieselotte noch sämtliche Paragraphen aus dem Strafgesetzbuch vorzubeten, die unter Umständen für ihre geschmacklosen Kommentare zum Einsatz gebracht werden konnten.

Mitleidig betrachtete ich den Mann, dem ich zu Lebzeiten meine Liebe und meine wertvolle Zeit geschenkt hatte.

Was ich vor mir sah, war eine traurige Marionette, die sich selbst für ein oberflächliches Geplänkel zum Kasper machte.

Als junger Mann hatte Edwin mir von inneren Werten und großen Zielen vorgeträumt, und inzwischen war er zum Sklaven seiner Karriere und Eitelkeit geworden.

Herta sah den Hausherrn mit einer gesunden Portion Skepsis an, war aber klug genug, ihre wahren Gedanken zu verschweigen.

Ohnmächtig werden auf einer Parkbank und sich dabei auch noch die Hand verstümmeln, dachte sie mißtrauisch.

Ich bin zwar nur eine einfache Haushälterin, aber mit Sicherheit nicht blöd. Der gnädige Herr sieht eher danach aus, als hätte er eine Orgie überlebt.

Aber Hertalein konnte anscheinend in höchster Vollendung Diplomatie an den Tag legen, und deshalb sagte sie mit honigsüßer Stimme:

»Herr Dr. Kaminski, Sie müssen ja Entsetzliches durchgemacht haben. Ich glaube, Sie haben in den letzten Tagen einfach zuviel leiden müssen. Legen Sie sich hin, ich werde Ihnen sofort einen Kamillentee machen. Und dann schlafen Sie sich am besten erst einmal aus.«

Edwin nickte dankbar und trottete langsam und theatralisch die Treppen hoch.

Kopfschüttelnd ging Herta in die Küche, um sich ans Werk zu machen.

Auf dem Küchentisch wartete bereits mein blinkender Laptop.

Herta starrte ihn neugierig an und sah sich suchend um.

»Gnädige Frau, was haben Sie denn diesmal wieder ausgeheckt?« fragte sie salopp und wartete auf ein Zeichen von mir.

Ich begann, meine Botschaft einzutippen, und Herta las neugierig mit.

»Herta, kochen Sie dem Hausherrn eine heiße Milch. Er hat einen versauten Magen, das ist auch schon alles. Im übrigen weiß jetzt auch Alexander, daß ich noch da bin. Er hat mir diesen Computer geliehen, damit ich mich besser und schneller verständigen kann. Wundern Sie sich in den nächsten Tagen über nichts, was in diesem Haus passiert.«

Herta holte tief Luft und setzte dann einen Topf mit heißer Milch auf dem Herd auf.

»Gnädige Frau, ich verstehe in diesem Haus überhaupt nichts mehr. Irgendetwas stimmt nicht, seit Sie verstorben sind. Ich bin bloß noch nicht darauf gekommen, was es ist«, bemerkte sie trocken.

Ich zog Herta am Rockzipfel wieder in Richtung Laptop.

»Liebe Herta, setzen Sie sich bitte einen Moment, und lassen Sie sich alles erklären. Erinnern Sie sich noch an unser Hochzeitsjubiläum und an die Gäste, die geladen waren?« fragte ich sie ungeduldig.

Herta nickte eifrig.

»Aber natürlich, gnädige Frau. Es waren die üblichen vornehmen Leute wie immer da. Bis auf eine Person, nämlich diese aufgetakelte Sekretärin, ist mir nichts Außergewöhnliches aufgefallen.«

»Herta, diese aufgetakelte Sekretärin ist die Geliebte meines Mannes, und sie hat dafür gesorgt, daß ich mit dem Auto verunglückt bin. Im Moment ist sie hinter Edwin her oder besser gesagt, hinter seinem Vermögen.

Ich werde Ihre Hilfe brauchen, um diese Schlange auf immer und ewig von meiner Familie fernhalten zu können.«

Herta setzte ihr strahlendstes Lächeln auf und ging wieder zum Herd, um die heiße Milch vom Ofen zu nehmen.

»Was immer Sie mir auch befehlen, gnädige Frau, ich werde es tun. Aber warum wird denn nicht die Polizei eingeschaltet, wenn Sie sozusagen ermordet worden sind?« fragte sie.

»Weil es außer uns beiden niemand weiß und weil ich mir für meine Mörder eine bessere Strafe ausgedacht habe als einen langweiligen Gefängnisaufenthalt.«

Herta goß die Milch in eine große Tasse und warf wieder einen Blick auf meinen Computerbildschirm.

»Ist das schön, sich mit Ihnen anständig unterhalten zu können. Das Gekritzel auf Papier war schon eine mühselige Sache.

Ich bin gespannt, was Sie sich für den gnädigen Herrn und seine Schlampe ausgedacht haben. Ich bin von Herrn Dr. Kaminski sehr enttäuscht. Sie waren eine wirklich schöne Frau, und er betrügt Sie mit so einer Billigfregatte.

Mein Gott, was bin ich froh, daß ich nie geheiratet habe und mir den Ärger mit den Mannsbildern erspart habe«, sagte sie, und was sie sagte, meinte sie ehrlich.

Ich ließ ein Tablett auf den Tisch schweben, und sie stellte die Tasse mit der heißen Milch darauf nieder.

»Am liebsten würde ich dem Gnädigsten Insektenvernichtungsmittel in seinen Nachttrunk mischen«, keifte sie ärgerlich vor sich hin und wandte sich dann zur Küchentür, um nach oben zu gehen.

# 17

Julia trauerte ernsthaft um mich, aber sie war ein praktisch denkender Mensch, und die Sorge um unsere Kanzlei und ihre Weiterführung lenkten sie erfolgreich ab.

Thomas, der sie an den Wochenenden besuchte, beobachtete mit wachsender Skepsis, daß seine Auserwählte wenig von einer gemeinsamen Zukunft sprach, dafür aber um so mehr von interessanten Klienten und erfolgversprechenden Prozessen.

Edwin beschloß nach dem unangenehmen Vorfall mit Cleo, einige Tage das Bett zu hüten und von dort aus die Zukunft seiner Familie noch einmal neu zu überdenken.

Er hatte Julia gebeten, ihm die geschäftlichen Dinge vom Hals zu halten, und ihr dankbar die Führung der Kanzlei überlassen.

Um in Ruhe sämtliche Akten und Unterlagen studieren zu können, hatte meine eifrige Tochter ihrem Verehrer einen Korb verpaßt und ihn gebeten, übers Wochenende in seinem Studentenwohnheim zu bleiben.

Thomas hatte tiefenttäuscht die Nachricht zur Kenntnis genommen und sich dann traurig dazu entschlossen, seine Lehrbücher zu wälzen.

Er wußte, er konnte Julia nur imponieren, wenn er zielstrebig und erfolgreich sein Examen abschloß.

Natürlich wollte er Rechtsanwalt werden, und das fand ich ganz besonders hervorragend.

Mein einfühlsamer Sohn Alex mit seiner Herzensgüte und der gesunden Portion Gerechtigkeit und der zielstrebige, geradlinige Thomas würden ein gutes Gespann abgeben, um unsere Kanzlei gemeinsam führen zu können.

Noch aber meinte meine reizende Tochter, dies tun zu müssen, und so verdrängte sie die Tatsachen, daß ihr seit Tagen morgens kotzübel war, sie regelmäßig von Essiggurken und Sahnetorten träumte und ihr Busen merklich an Umfang zunahm.

Am Montagmorgen saß sie bereits als erste im Büro und erwartete kampfeslustig unsere reizende Empfangsdame.

Cleo hatte das Wochenende mit Jimmy im Bett verbracht und erschien ausgeruht und mit bester Laune in der Kanzlei.

Julia nahm mit hochgezogenen Augenbrauen ihre Anwesenheit zur Kenntnis und trank in Ruhe erst einmal ihren Morgenkaffee.

Sie hatte am Wochenende ihre alte Schulfreundin Anna angerufen und sich zunächst oberflächlich nach ihrem Befinden erkundigt.

Anna hatte nach dem Abitur geheiratet, zwei reizende Jungs zur Welt gebracht, und als diese das Schulalter erreicht hatten, deprimiert festgestellt, daß sie das Hausfrauendasein nicht mehr genügend ausfüllte.

Julia hatte ihr dann ohne Umschweife Cleos Posten an der Rezeption angeboten, und Anna hatte einen spitzen Freudenschrei losgelassen.

Man handelte den nächsten Ersten als Arbeitsbeginn aus, und mit diesem Handel im Hinterkopf lauerte meine wohlgeratene Tochter nun auf die Frau, die sie aus reiner Intuition heraus regelrecht haßte.

Abschätzig hatte Julia zur Kenntnis genommen, daß Cleo Wunderlich einmal mehr in vollkommen unpassender Kleidung zur Arbeit erschienen war.

Sie hatte knallenge, schwarze Lederjeans an, und das Blüschen, das sie dazu trug, wäre in jeder Diskothek als bestes »Nichts« preisgekrönt worden.

Cleo ließ sich summend hinter ihrer Telefonanlage nieder und beschloß, Edwin nach dem Reinfall vom Wochenende jeden Wunsch von den Augen abzulesen.

In diesem Moment tönte bereits Julias unheilvoll geschwängerte Stimme durch die Sprechanlage.

»Fräulein Wunderlich, kommen Sie doch bitte einmal kurz zu mir herüber«, orderte sie kurz und kommentarlos.

Cleo schluckte.

Was wollte denn die arrogante Ziege schon wieder in der Kanzlei?

Tochter konnte schließlich jeder sein. Da gehörte nicht viel dazu.

Auf gar keinen Fall würde sie sich von Julia schikanieren lassen, und wenn diese es doch versuchte, dann mußte sie eben Edwin um den Finger wickeln, damit er als Chef ein Machtwort sprach.

Cleo ahnte nicht, daß Edwin die Nase von amourösen Abenteuern gestrichen voll hatte und, nachdem es keine Ehefrau mehr gab, die man geschickt hintergehen konnte, ihm der Spaß an jeglichen Affären vergangen war.

Nichtsahnend, auf welch sinkendem Schiff sie sich befand, stakste sie in Edwins Büro, in dem nun meine Tochter auf sie wartete. Arrogant öffnete Cleo die Tür und setzte sich mit einem kühlen »Guten Morgen, Fräulein Kaminski« nieder.

Julia sah absichtlich nicht von ihren Akten auf und erweckte bewußt den Anschein, als sei die Unterhaltung mit Cleo eine lästige Nebensache, was es ja auch in der Tat war.

»Fräulein Wunderlich, wie lange sind Sie schon in unserer Firma tätig?« fragte sie beiläufig.

Cleo schlug die Augen zur Decke und wippte gereizt mit dem Fuß.

»Genau zwei Monate, Fräulein Kaminski. Wobei ich unbedingt anmerken möchte, daß ich Ihren Vater als Chef sehr schätze.«

Das hätte sie besser nicht gesagt, denn Julia reagierte auf dieses Stichwort wie ein Gaul, den eine Hornisse gestochen hat.

»So, Sie schätzen meinen Vater sehr. Das ist ja nicht zu übersehen. Leider werden Sie die nächste Zeit auf ihn verzichten müssen. Ich vertrete ihn, auf unbestimmte Zeit«, stichelte meine Tochter süffisant.

Cleo sah sie verschreckt an.

»Ist Ihr Herr Papa etwa krank?« fragte sie mit schlechtem Gewissen und der bösen Vorahnung, ihr Goldfisch könnte vorzeitig eingehen.

Julia spielte gelassen mit dem Kugelschreiber zwischen ihren Fingern.

»Mein Vater ist nicht krank, aber auch nicht gerade in bester Verfassung. Der Tod meiner Mutter hat ihm sozusagen die Lust am Leben geraubt«, antwortete meine Tochter genüßlich.

Julia musterte Cleo mit scharfem Blick und lächelte innerlich.

»Wissen Sie, liebe Cleo, mein Vater und meine Mutter haben einander sehr geliebt. Vater liebte Mutters Damenhaftigkeit über alles, und das fehlt ihm nun doch sehr.«

Julia wußte, daß sie Cleo mit diesen Worten ohrfeigte.

Cleo schluckte den Kloß in ihrem Hals herunter und nestelte nervös an den Rüschen ihrer Bluse.

»Fräulein Kaminski, darf ich fragen, weshalb Sie mich gerufen haben?« lenkte sie unangenehm berührt ab.

Julia lehnte sich drohend über ihre Akten und sah Cleo abschätzig an.

Man hatte das Gefühl, zwei Raubkatzen säßen sich gegenüber und eine jede wartete darauf, der anderen die Augen auskratzen zu können.

»Ihre Probezeit, Fräulein Wunderlich, dauert drei Monate an, wie ich aus Ihrem Arbeitsvertrag ersehen kann. In dieser Zeit ist eine kurzfristige Kündigungszeit vereinbart worden, falls einer der Vertragspartner unzufrieden ist. Und genau das bin ich! Sie sind entlassen, Fräulein Cleo.

Betrachten Sie den heutigen Arbeitstag als Ihren letzten in unserer Firma«, zischte Julia haßerfüllt und musterte abschätzig Cleos Gardinenbluse.

Fassungslos sprang Cleo vom Stuhl auf.

»Aber was habe ich denn falsch gemacht?« rief sie mit weinerlicher Stimme.

»Ich war immer pünktlich, niemals krank, und Ihr Herr Vater war mehr als zufrieden mit mir«, heulte sie wütend los.

Julia lächelte ungerührt.

»*Ich* bin aber nicht mein Vater«, bemerkte sie trocken und blätterte wieder in ihren Akten.

»Ich habe nun zu tun. In der Buchhaltung liegen übrigens Ihr Restlohn und Ihre Papiere für Sie bereit.«

Cleo war intelligent genug zu spüren, daß jedes weitere Wort überflüssig war, und sah meine Tochter nun mit offener Feindseligkeit an.

Sie beugte sich drohend über Julias Schreibtisch.

»Wertes Fräulein Tochter, das war mit Sicherheit nicht das letzte Wort, das zwischen uns gefallen ist«, zischte sie mit unterdrückter Wut.

Abrupt wandte sie sich ab und verließ sichtlich aufgebracht das Chefzimmer.

Julia hingegen kicherte innerlich bei dem Gedanken, das enttäuschte Gesicht ihres Vaters sehen zu können, wenn ihm in Zukunft die Telefonate auf Annas burschikose Art und Weise durchgestellt werden würden.

Sie lächelte still in sich hinein und befand, daß die Woche erfolgreich begonnen hatte.

# 18

Edwin thronte zu Hause derweil gemütlich in seinem Berg von Kissen, die Herta ihm fürsorglicherweise aufgeschüttelt hatte. Über seinen Knien stand ein Tablett, beladen mit dem Allerfeinsten, und ein aromatischer Kaffeeduft zog durch unser Schlafzimmer.

Edwins Haare standen in alle Richtungen, und sein Drei-Tage-Bart schien ihn nicht im mindesten zu stören.

Herta saß in ihrer ganzen Pracht und Fülle neben ihm auf einem Empire-Stuhl, den ich früher nicht einmal berühren durfte, da es sich angeblich um eine unbezahlbare Antiquität handeln sollte.

Edwin war zu meinen Lebzeiten in solchen Dingen immer pingelig gewesen, und mich hatte das ungemein geärgert.

Ich hatte einen lebenslustigen und spontanen jungen Mann geheiratet und im Laufe der Jahre war daraus ein starrer, reicher Mann geworden.

Aber anscheinend hatte das Sterben etwas Gutes an sich, denn Edwin wandelte sich seit meinem Dahinscheiden auffallend positiv.

Auf jeden Fall konnte ich mich an Edwins Aufmachung im Schlafzimmer nicht sattsehen.

Auf der Bettkante hatte er ein altes Fotoalbum liegen und schwärmte Herta in den höchsten Tönen von alten Zeiten vor.

»Schauen Sie nur, Herta, wie bezaubernd meine Frau als junges Mädchen war. Auf diesem Foto zum Beispiel«, und bei diesen Worten fraß er mein Bild förmlich mit den Augen, »also auf diesem Foto ist sie mit unserer Tochter zu sehen, als die noch ein Baby war.«

Herta rückte ihre viel zu kleine Lesebrille zurecht und starrte neugierig auf das Bild.

»Mein Gott, Herr Dr. Kaminski, Ihre Gattin war in jungen Jahren eine umwerfende Schönheit. Man meint, das Baby wäre ihre kleine Schwester«, posaunte meine liebe Perle los.

Edwin nickte traurig.

»Sie war bis zuletzt eine wunderschöne Frau. Ich habe sie leider viel zu kurz kommen lassen«, stellte er trübsinnig fest.

Herta sah ihn entrüstet an, und der Schweiß trat unter ihren silbern leuchtenden Kringellocken hervor.

»Aber Herr Dr. Kaminski, Sie haben doch alles getan für Ihre Gattin«, lenkte sie beschwichtigend ein.

Edwin drückte väterlich Hertas Hand und klopfte auf ihren fleischigen Schenkel.

»Herta, welch gute Seele Sie sind. Meine Frau hat mich immer wieder an Ihren Fleiß erinnert!« jammerte er selbstmitleidig. »Aber ich in meinem Hochmut habe all das Gute und Schöne um mich herum ignoriert auf der Jagd nach noch mehr.«

Jetzt reichte es aber mit Edwins Selbstkasteiung. Ich befand, daß er eine weitere Lektion brauchte.

In Sachen Frauenzimmer hatte ich ihn vorübergehend wohl schon kuriert, aber anscheinend mußte er noch ein paar Übungen zum Thema »Wahrheitsliebe« und »Materielle Werte« durchleben.

Dazu brauchte ich zwei Dinge.

Und die boten sich meinem Auge lockend an.

Der unschätzbare Empirestuhl ächzte gefährlich unter Hertas Zwei-Zentner-Last, und ich kugelte mich bei meinen boshaften Gedanken bereits jetzt schon vor Lachen.

Herta wollte in diesem Moment Edwin einmal mehr vergeblich klarmachen, daß ich gar nicht richtig tot sei, was natürlich zur Folge hatte, daß er ein weiteres Mal ihren Geisteszustand in Frage stellte.

»Herr Dr. Kaminski, Ihre liebe Frau ist in Wirklichkeit nicht tot. Warum glauben Sie mir das nicht?« heulte sie jämmerlich los und kramte in ihrer großen Schürzentasche nach einem Schneuztuch.

Oh Gott, dachte mein lieber Pharisäer, kaum behandelt man das Personal wie Menschen, drehen sie sofort durch.

Mit diesem Gedanken öffnete er sein Nachtkästchen, um Herta ein Taschentuch zu spendieren.

Just in diesem Moment sorgte meine geistige Energie dafür, daß Hertas Stuhlbein einen kleinen, aber entscheidenden Knick bekam.

Und dieser Knick sorgte wiederum dafür, daß Hertas wunderbare Leibesfülle aus dem Gleichgewicht kam, was wiederum dem Stuhlbein den letzten Rest gab und Herta mitsamt dem antiquaren Sitzmöbel auf Edwins Nachtkästchen kippte.

Ich schob das Nachtkästchen noch ein wenig beiseite und ließ es laut polternd umkippen.

Herta lag inzwischen wie eine wehrlose Landschildkröte auf dem Fußboden und ruderte wild mit den Beinen in der Luft.

Es mußte Edwin sicherlich freuen, nachdem er ein lüsternes Naturell besaß, ihre Fallschirmunterhosen ungeniert präsentiert zu bekommen, und was ihre strammen Schenkel betraf, so konnte sich so manche Mastsau im Stroh verstecken.

Edwin war momentan so perplex, daß er vollkommen das Tablett auf seinen Knien vergaß und, ganz Gentleman, hilfsbereit aus seinem Bette sprang, um die holde Maid aus ihrer mißlichen Lage zu befreien.

Und so bekam Herta noch ein weich gekochtes Ei auf die sorgfältig drapierte Frisur, während die wunderbare Erdbeermarmelade in ihren Ausschnitt tropfte.

Mein goldiger Witwer war dermaßen von Hertas Anblick fasziniert, daß er noch nicht einmal bemerkte, welche Zerstörung seinem Stuhl da widerfahren war.

Der Stuhl – wenn man einmal von seinen heraussstehenden Sprungfedern absah – würde, so wie er zugerichtet war, fraglos in unserem offenen Kamin gut als Brennholz dienen.

Mühevoll zog Edwin unsere Perle an beiden Armen hoch und sah sie sorgenvoll an.

»Haben Sie sich weh getan, meine Gute?« fragte er mit wirklicher Besorgnis.

Herta hatte inzwischen die Marmelade auf ihrem Lid kleben und starrte Edwin mit zusammengekniffenen Augen an.

Dann hob sie ihr bekleckertes Haupt und suchte mit dem unbekleckerten Auge die Zimmerdecke ab.

Edwin befürchtete das Schlimmste, daß nämlich Herta restlos durchdrehen könnte.

Die aber war sehr wohl bei Trost und sah den richtigen Zusammenhang zwischen ihrem Absturz und meiner engelhaften Anwesenheit.

Wütend schnaubte sie die Luft durch ihre breite Nase und hob die Faust gen Himmel.

»Gnädige Frau, was zu weit geht, geht zu weit!« dröhnte sie, und mir war nicht ganz wohl in meiner imaginären Haut.

»Ich bin verdammt böse, Frau Kaminski. Ich hoffe, Sie haben sich in Ihrem Wolkenschloß prima amüsiert«, donnerte sie in Richtung Zimmerlampe, und da schwebte ich zufälligerweise gerade wirklich. Edwin fiel die Kinnlade herab.

»Mein Gott, Herta, mäßigen Sie sich doch!« fiel er mit überschnappender Stimme ein.

»Meine Frau ist tot, und Sie reden immer von ihr, als sei sie hier«, ärgerte er sich ganz offensichtlich.

Herta wischte sich das Eidotter von der Backe und reckte stolz ihre Schultern.

Ihre kleinen Schweinsäuglein blinkten meinen Gatten mehr als gehässig an, und sie nickte bekräftigend mit ihrem Kopf.

»Ich weiß schon, gnädiger Herr denken, die gute Herta ist plemplem. Ist sie aber nicht. Die gnädige Frau ist hier bei uns, quietschmunter und albern wie eine junge Deern.«

Herta mußte wirklich sauer sein, denn nur dann verfiel sie in ihren alten Hamburger Dialekt.

Edwin war intelligent genug, um zu wissen, daß man Irre nicht reizt, und so nickte er mit seinem mildesten Zahnpastalächeln und tätschelte Herta die Schulter.

»Ich glaube, Sie haben tatsächlich recht. Aber nun duschen Sie sich erst einmal, und lassen Sie uns froh sein, daß Ihnen nichts passiert ist.«

Herta stapfte zur Türe und sah sich hoheitsvoll noch einmal um. »Den Stuhl ziehen Sie mir vom Lohn ab. Ist ja schließlich unter mir weggekippt«, ordnete sie an.

Edwin schüttelte den Kopf.

»Nein Herta, das werde ich nicht tun. War ja schön blöd, für die alte Kiste soviel Geld auszugeben. Es ist mir schon ganz recht geschehen, daß er so zugerichtet wurde.

Wir werden demnächst einen bequemen, neuen Schaukelstuhl kaufen, und dann können Sie mir Gesellschaft leisten, ohne solch ein Fiasko ertragen zu müssen. So, und jetzt werde ich schon mal das Schlimmste wegputzen, denn Sie stehen bestimmt noch unter Schock«, murmelte er gutmütig und hob das zerstreute Geschirr vom Boden auf.

Herta schüttelte den Kopf und ging verwundert in ihre Wohnung, um eine Dusche zu nehmen.

So hatte sie ihren Dienstherrn noch nie erlebt.

Was machte die gnädige Frau bloß im Jenseits für Dinge, die solche Veränderungen bei den Menschen bewirken konnten?

Schuldbewußt war mir klar, daß die Lektion für Edwin auf Hertas Konto gegangen war, und ich verspürte das große Bedürfnis der Wiedergutmachung.

Als Herta frisch geduscht und sichtlich wieder friedlich die Küche betrat, wartete bereits mein blinkender Laptop auf sie. Hoheitsvoll warf Herta ihr beleidigtes Auge auf den Bildschirm und las die gute Nachricht, die ich ihr mitzuteilen hatte.

»Herta, gehen Sie zu Herrn Kaminski, und bitten Sie ihn um Hilfe im Haushalt. Ich finde, Sie arbeiten zu schwer und brauchen eine Unterstützung.

Übrigens, der Vorfall von eben tut mir sehr leid, aber anders war meinem Gatten beim besten Willen nicht beizubringen, von seinem Standesdünkel und dem Antiquitätenfimmel zu lassen.

Sind Sie bitte nicht mehr böse, Hertalein. Ich stehe übrigens gerade am Herd und koche für Sie eine Tasse Kaffee!« schmeichelte ich.

Herta sah tief einatmend zu der Kaffeekanne, über die sich der Wasserkessel beugte und wie von Zauberhand heißes Wasser in den Filtersatz goß.

Ihr Butterherz hatte mir schon längst vergeben, aber sie wollte noch einige Momente den Triumph auskosten, daß man sie umschmeichelte.

»Gnädige Frau, ich wußte sofort, daß Sie hinter der Komödie stecken. Aber mußte das sein, daß ich so auf dem Rücken vor dem Gnädigsten liegen mußte?« sprach sie vorwurfsvoll in meine Richtung.

Der Laptop ließ wieder seine Tastatur klappern.

»Herta, mein Mann hatte keinen Zusammenbruch auf der Parkbank. Diese Cleo Wunderlich hat dafür gesorgt, daß er ins Krankenhaus mußte.

Sie wird übrigens bald hier bei uns auftauchen, und ich möchte unbedingt, daß Sie sie zuvorkommend und höflich behandeln. Für die Abteilung Rache werde ich zuständig sein, haben Sie mich verstanden?« befahl ich ohne Umschweife.

»Ich wollte meinem Mann eine kleine Lektion darüber erteilen, wie man seine Mitmenschen und alte Möbel behandelt, und deshalb mußte ich Sie leider so quälen«, fügte ich an.

Herta starrte versöhnlich in meine Richtung und nahm dankbar die Kaffeetasse entgegen, die ich auf sie zuschweben ließ.

Ihr alter Humor kehrte merklich wieder zurück, und amüsiert begann sie so zu gluckern, daß ihr dicker Bauch auf und ab wippte.

»Na ja, gnädige Frau hatten zu Lebzeiten ja nicht gerade viel zu lachen. Das ewige Alleinsein und der große Haushalt und dann der gnädige Herr mit seinen großen Ansprüchen.

Kann ja verstehen, daß Sie auch mal einen derben Scherz machen wollten. Ich glaube, Ihr Mann ist jetzt noch von den Socken.«

Sie begann zu lachen, daß ihr die Tränen herabliefen, und ich lachte mit, bis das Haustelefon klingelte.

Edwin wollte unserer Perle mitteilen, daß sie ab sofort Erna zur Unterstützung erhalten werde und er Hertas Gehalt um eine nette Summe erhöhen werde.

Außerdem wies er sie an, nach einem handfesten und bequemen Schaukelstuhl Ausschau zu halten und die Reste seines antiken Sitzmöbels bei der nächsten Gelegenheit zu verheizen.

# 19

Cleo lag entspannt und mit nacktem Bauch bei Dr. Busel auf dem Behandlungsbett und starrte auf den Bildschirm des Ultraschallgerätes.

Dr. Busels Melonenkopf mit den Knopfaugen hinter dikken Brillengläsern starrte ungerührt auf den Bildschirm, und seine Hand fuhr mit dem Ultraschallkopf suchend über Cleos Bauch, der dick mit Wabbelgelee eingeschmiert war.

»Und?« fragte Cleo unruhig. »Und? Können Sie schon etwas erkennen?«

Auf dem Bildschirm des Ultraschallgerätes waren die Konturen einer geheimnisvollen Mondlandschaft zu erkennen, aber weit und breit kein sich im Wachstum befindliches Baby.

»Fräulein Wunderlich, ich habe Ihnen gesagt, daß es mindestens sechs bis acht Wochen dauert, bis man nach der Empfängnis den Fötus auf dem Ultraschallgerät erkennen kann. Sie sind vermutlich gerade erst mal vier Wochen schwanger.

Wir werden gleich von meiner Assistentin das Ergebnis des Schwangerschaftstests haben. Das wird mehr Aufschluß über Ihren Zustand geben«, sagte er unwillig und schaltete das Gerät aus. Dann reichte er Cleo mehrere Blatt Papier, damit sie sich den Bauch abwischen konnte, und setzte sich grübelnd an seinen Schreibtisch.

Aufgeregt schob Cleo ihre Kleidung zurecht und plazierte sich ihm erwartungsvoll gegenüber.

»Dr. Busel«, legte sie los, »Dr. Busel, ich habe Ihre Tropfen genommen, ich habe akkurat meine Temperatur gemessen, und ich habe dafür gesorgt, daß die Biene die Blume bestäubt. Sie verstehen?«

Dr. Busel sah Cleo traurig an, und es war ihm anzusehen, daß er es zutiefst bedauerte, nicht selbst die bestäubende Biene gewesen zu sein. In diesem Moment kam die Sprechstundenhilfe ins Zimmer und strahlte Cleo mitfühlend an.

Dann legte sie Dr. Busel ein Kärtchen auf den Tisch und entschwand wieder genauso wortlos, wie sie gekommen war. Dr. Busel starrte Cleo durch seine dicken Brillengläser wehmütig an.

»Cleo, Ihre wunderschöne Figur wird ruiniert werden.

Vorbei sind die Zeiten großer Freiheit und ungetrübten Glücks. Ich gratuliere, Sie sind laut unserem bombensicheren Test eindeutig schwanger.«

Der leckere Vogel, der da erwartungsvoll vor seinem Schreibtisch saß, war nun für die nächsten neun Monate in unerreichbare Ferne gerückt und zum Ausbrüten seines Nachwuchses verdammt.

Cleo sprang laut jubelnd von ihrem Stuhl auf und lief zu Dr. Busel, um ihn aus tiefstem Herzen dankbar an ihre Atombrüste zu drücken.

»Dr. Busel, ich liebe Sie. Ich danke Ihnen, mein lieber Wunderdoktor«, schrie sie enthusiastisch und riß das Schwangerschaftsattest an sich, das er ihr in die Hand gedrückt hatte.

Dr. Busel rieb sich müde die Stirn, und ihm graute bei dem Gedanken, daß sein Arbeitstag nun wieder von Eierstockzysten, schlaffem Brustgewebe und Schwangerschaftsbetreuung überschattet sein würde.

Keine Cleo mehr in engen Röcken mit tiefen Dekolletés, von der man träumen konnte, während man ihr das Rezept für die Pille ausstellte.

Cleo nahm ihren Mantel und ihre Handtasche und verließ strahlend das Sprechzimmer.

Sie war sich ganz sicher, daß das der Beginn eines neuen Lebens war, und damit hatte sie vollkommen recht.

# 20

Das Taxi hielt mit quietschenden Reifen vor unserer Haustür, und was dem Wagen entstieg, übertraf alle meine Erwartungen.

Ich hatte bereits an der Haustür auf Cleo gelauert, denn natürlich hatte ich meine überirdischen Fähigkeiten wieder einmal zum Gedankenlesen eingesetzt und wußte, daß meine Feindin im Anmarsch war.

Cleo hatte nach dem Arztbesuch in revolutionärer Weise ihren Kleiderschrank ausgemistet und dann sämtliche Mami-Baby-Boutiquen überfallen, die unsere Kleinstadt anbot.

Stretchhosen mit dehnbarem Bund, Zeltlagerkleider im Fallschirmschnitt und Stillbüstenhalter hatten Miniröcke, Dessous und Strapse in die Flucht geschlagen.

Aus dem Taxi stieg eine Frau, der man bei Smog und Nebel noch auf hundert Meter ihren Zustand ansah.

Cleo hatte ihre Wallemähne zum strengen Dutt gebunden, und ein geblümtes, rüschiges Wallekleid versteckte perfekt ihre weiblichen Formen.

Die hochhackigen Pumps waren bequemen Kreppsohlenschuhen gewichen, und dickmaschige Stützstrümpfe sorgten dafür, daß erst gar keine schwangerschaftsbedingten Ödeme entstanden.

Das Make-up hatte sie als werdende Mutter von ihrem Menüplan gestrichen, und ihr ungeschminktes Gesicht war etwa so attraktiv wie das einer Nachteule bei Mondschein.

Fürsorglich half ihr der Taxifahrer aus dem Wagen, in der Meinung, eine Hochschwangere vor sich zu haben, die Gott sei Dank nicht in seinem Wagen entbunden hatte.

Cleo schob sich dankbar zu unserer Haustür und klingelte forsch. Herta, dank der Gehaltserhöhung und Ernas Gesellschaft in unübertroffen guter Laune, öffnete ahnungslos die Haustür und musterte freundlich die junge Frau.

»Ja, bitte schön, womit kann ich dienen?« fragte sie hilfsbereit. Cleo stützte sich theatralisch am Türpfosten ab und setzte ihren harmlosesten Rotkäppchen-Blick auf, den sie zur Verfügung hatte.

»Oh, ich will nicht stören, aber ich müßte dringend Herrn Dr. Kaminski sprechen«, sagte sie scheinbar schüchtern und legte schützend die Hand auf ihren Bauch.

Herta trat mütterlich auf sie zu und stützte sie am Arm.

»Herr Dr. Kaminski möchte auf keinen Fall gestört werden. Um was handelt es sich denn?« fragte mein Hausdrachen ahnungslos.

Cleo ließ ein paar Tränen purzeln.

»Oh, es ist eine sehr private Angelegenheit«, murmelte sie und wischte sich übers Gesicht.

Herta begann spätestens jetzt, sich zu wundern, denn irgendwie kam ihr die Frau bekannt vor.

Aber sie wußte nicht, woher sie das Gesicht kannte.

Cleo begann, tief und mühsam zu atmen, und Herta sah sie sorgenvoll an.

»Ist Ihnen nicht gut, junge Frau? Mein Gott, Sie sind ja hochschwanger, und ich lasse Sie so herzlos vor der Türe stehen. Na, kommen Sie erst einmal herein, dann sehen wir weiter«, forderte sie Cleo auf und öffnete weit die Haustür. Siegessicher sah sich meine Feindin in meinen geheiligten vier Wänden um und betrachtete sie bereits als ihr zukünftiges Eigentum.

Herta schob sie ins Besucherzimmer und bot ihr freundlich einen Stuhl zum Sitzen an.

»Wen darf ich denn Dr. Kaminski melden?« fragte sie neugierig.

Cleo sah sie triumphierend an und hob stolz den Kopf.

Nun, wo sie bereits im Haus war, brauchte sie nicht mehr die Schüchterne zu markieren.

»Melden Sie dem Hausherrn, daß Fräulein Wunderlich ihn zu sprechen wünscht«, orderte sie mit harter Stimme, und ohne ihre Schminke sah sie aus wie eine frisch gefeuerte Putzfrau.

Ihre grünen Katzenaugen starrten gehässig aus einem käseweißen Gesicht, das durch die strenge Haartracht jeglichen Reiz verloren hatte.

Herta dämmerte es in Sekundenschnelle.

»Sind Sie Fräulein Cleo Wunderlich?« fragte sie plötzlich erkennend und stemmte die Arme in ihre wogenden Hüften.

»Die Dame, die zur Silberhochzeitsfeier dazukam?«

Cleo musterte sie spöttisch.

»Richtig, meine Liebe. Genau die bin ich.«

Hertas Denkzellen arbeiteten auf Hochtouren.

»Aber die Feier liegt noch nicht einmal zwei Monate zurück, und da waren Sie noch gertenschlank«, recherchierte Herta und musterte die unförmige Frauengestalt.

Cleo räkelte sich wohlig im Lehnstuhl und hielt die Hände demonstrativ über ihren Bauch.

»Nicht jeder Frau sieht man die Schwangerschaft an«, bemerkte sie trocken. »Und jetzt rufen Sie bitte Dr. Kaminski.«

Herta warf Cleo nun einen gar nicht mehr so freundlichen Blick zu und ging in die Küche zum Haustelefon, um meinem Göttergatten den lieben Besuch anzukündigen.

Edwin hatte es sich gerade wieder einmal in seinen Kissen bequem gemacht und festgestellt, daß es nichts Schöneres gab, als vormittags alte Liebesfilme im Fernsehen anzuschauen.

Dabei dachte er immer wieder versonnen an mich und bereute jeden einzelnen Ehebruch bis ins Innerste.

Ungehalten nahm er den Telefonhörer neben seinem Nachttisch ab.

»Gnädiger Herr, ein Fräulein Wunderlich sitzt im Empfangszimmer und möchte Sie sprechen«, dröhnte Herta plump durch den Apparat.

Edwin fiel fast aus seinem Bett.

»Sagen Sie dem Fräulein, mir geht es nicht gut. Sie soll sich an meine Tochter wenden, wenn sie in Schwierigkeiten steckt«, japste er ärgerlich los.

Er hatte von Cleos Liebreiz die Nase gestrichen voll.

Die Kleine mit ihrem Teufelswein und ihrem honigsüßen Gegarne erwies sich für ihn als langweiliges Spielzeug, das er nur noch loswerden wollte.

Deshalb hatte er sich auch nicht mehr bei Cleo gemeldet, und als Julia ihm mitteilte, daß sie der Telefonistin gekündigt habe, hatte er das erleichtert begrüßt.

Er wollte Herta noch Anweisungen geben, wie sie Cleo hinauskomplimentieren sollte, als seine Schlafzimmertüre aufgerissen wurde und eine wütende und tobende Walküre auf sein Bett zutrat.

Cleo sah ihn mit zornigen Augen an und stemmte sich vollkommen undamenhaft auf sein Bett.

»Mein lieber, kleiner Advokat, du wirst doch nicht die zukünftige Mutter deines Kindes an die frische Luft setzen?« fauchte sie und starrte ihn abwartend an.

Edwin wurde abwechselnd rot und bleich im Gesicht und japste nach Luft.

Ein seltsamer Druck überfiel ihn in der Herzgegend, und er griff nach seiner Stirn.

»Cleo, wie kommst du in mein Haus hinein?« fragte er dümmlich mit erstickender Stimme und starrte sie fassungslos an.

Sie sah in ihrer Aufmachung aus wie ein Mensch gewordener Alptraum, und er zweifelte an seinem Verstand, wie er solch eine Schreckschraube einmal als erotische Versuchung empfinden konnte.

Als Rita schwanger war, hatte sie bezaubernder ausgesehen denn je. Ihre Wangen waren rosig gewesen, ihr Gesicht von einem seltsamen Glücksschimmer überzogen, und ihre mädchenhafte Figur hatte rührend weibliche Formen angenommen, erinnerte sich Edwin in Sekundenschnelle.

Dieses schwangere Monstrum aber, das sich da fordernd vor seinem Bett aufgebaut hatte, wirkte wie eine Holsteiner Kuh, die dringend den Tierarzt brauchte.

Cleo ließ sich auf Edwins Bettrand plumpsen und musterte ihn siegessicher.

Der Alte sah erbärmlich aus.

Seine grauen Haare standen in alle Richtungen, und der Stoppelbart ließ ihn wie einen Penner aussehen.

Ich schwebte genußvoll über dem Bett und genoß es, daß beide über den Anblick ihres Gegenüber entsetzt waren.

Sie straften sich gegenseitig mit ihren wahren Gesichtern, und es war mir eine Genugtuung, ihre Abscheu voreinander zu spüren.

Wie dünnhäutig und zerbrechlich doch diese oberflächlichen Bettbeziehungen zu sein schienen.

Mir war es immer egal gewesen, in welcher Verfassung Edwin sich meinen Augen darbot. Immer sah ich den dunklen, drahtigen jungen Mann vor mir, in den ich mich seinerzeit verliebt hatte.

Meine Augen waren blind für seine Falten, für den Speckansatz um seinen Bauch und für die Altersflecken an seinen Händen.

Wir waren zusammen durch die Zeit gegangen, und mein Blick für ihn war immer ein Blick mit dem Herzen geblieben.

Cleo und Edwin aber hatten nicht diese Fähigkeit, sich einander mit Liebe zu betrachten.

Sie sah nur den alten Mann mit dem dicken Bankkonto und er eine entblätterte Sexbombe, die zur schwangeren Tonne verkam.

»Was willst du von mir?« fragte Edwin nichts Gutes ahnend und erhob sich aus seinem Bett, um sich den Morgenmantel überzuwerfen.

Cleo stampfte zu seinem Fernsehapparat und drückte herrschsüchtig auf den Knopf, um ihn auszuschalten.

»Du wirst Vater, mein liebes Hasilein. Genau das wollte ich dir mitteilen, nachdem mich dein Töchterlein fristlos aus deiner Firma gefeuert hat«, keifte sie los.

Edwin drehte sich um und sah sie mit dem altbewährten Charmeursblick an, der aber nur wirkte, wenn er rasiert, frisch gekämmt und ausgeschlafen war.

»Cleo, Kleine, wir werden das Problem natürlich gemeinsam lösen. Du erhältst genügend Geld von mir, um eine kleine Reise nach Holland zu machen und hinterher ein neues Leben anfangen zu können!« beschwichtigte er seinen Fehltritt.

Cleo lachte bitter auf.

»Nein Edwin, so einfach geht das nicht. Ich werde keine Abtreibung machen.

Ich bin auch kein Teenager mehr, und wer weiß, ob ich nach so einem Eingriff noch Kinder bekommen kann. Und Kinder wollte ich immer haben. Ich ziehe das Kind notfalls alleine groß!« heulte sie anscheinend verzweifelt los und hielt die Hände vors Gesicht.

Edwin war nicht minder verzweifelt.

Welche Katastrophe! Seine Frau frisch beerdigt, eine schwangere Geliebte, ein ruiniertes gesellschaftliches Ansehen und die Verachtung seiner Kinder!

Mein Witwer wünschte sich in diesem Moment, nie geboren worden zu sein.

Cleo raffte sich auf und hielt ihm das Schwangerschaftsattest unter die Nase.

»Du weißt, wo du mich finden kannst. Und du weißt jetzt auch, wie ich mich entschieden habe. Ich habe dich so geliebt, und ich werde auch das Kind lieben«, schluchzte sie und wandte sich zum Gehen. Eine Shakespeare-Aufführung an der staatlichen Bühne wäre nicht perfekter abgelaufen als Cleos Vorstellung von der verlassenen jungen Mutter.

Edwin tat genau das, was Cleos Worte beabsichtigt hatten.

Er fühlte sich wie der letzte Schweinehund. Sein ganzer Advokatenintellekt war nun gefordert, um dieses heikle Problem zu lösen.

Als ich Herta das Gespräch der beiden wortgetreu in den Laptop tippte, fiel diese fast in ihren Kochtopf.

»Gnädige Frau, ich werde diese Ausgeburt der Hölle niemals als Ihre Nachfolgerin akzeptieren!« schimpfte sie los.

»Der gnädige Herr ist nicht zu verstehen. Wie konnte er Sie nur mit so einem Fähnchen betrügen? Er soll jetzt nur schmoren und grübeln.

Ich wünsche ihm bei Gott nichts Gutes mehr. Und ich werde ihm nur noch Sachen kochen, die er verabscheut.«

Herta stampfte kampfeslustig mit dem Fuß auf und war einmal mehr froh, dem Bund fürs Leben entronnen zu sein.

# 21

Thomas hatte sich mit einem riesigen Blumenstrauß vor Julias Schreibtisch aufgebaut und sah seine Angebetete traurig an. »Freust du dich denn gar nicht, daß ich mein Examen geschafft habe?« fragte er enttäuscht, und sein hübsches, markantes Gesicht musterte sie erwartungsvoll.

Julia sah ihn mühselig lächelnd an und strich sich sorgenvoll durch die Haare.

»Natürlich freue ich mich, Thomas. Aber weißt du, irgendwie war mir das immer vollkommen klar, daß du dein Examen schaffst. Dafür lieb ich dich ja so«, entgegnete sie müde.

Thomas sah sie zweifelnd an.

»Für was liebst du mich?« wollte er wissen.

Julia stand von ihrem Tisch auf und ging zu ihm, um ihn zu umarmen.

»Na, ich lieb dich für deine Zuverlässigkeit und deine Gewissenhaftigkeit. Du darfst nicht böse sein, daß ich so verhalten auf deinen Erfolg reagiere.

Mutters Tod hat mich tief getroffen, Vater hat die ganzen geschäftlichen Dinge in meine Hände gelegt, und in letzter Zeit fühle ich mich gesundheitlich ausgesprochen miserabel.«

Meine Kleine sah wirklich erbärmlich aus, aber das war auch kein Wunder bei ihrer ständigen Übelkeit und den nächtlichen Sodbrennattacken, die ihr den Schlaf raubten.

Thomas griff fest um ihre Taille und zog sie dicht an sich heran.

»Ich werde dir in Zukunft in der Kanzlei alle juristischen Schwierigkeiten aus dem Weg räumen!« sagte er zärtlich, »und jetzt verfrachte ich dich zum nächstbesten Arzt. Du jammerst mir schon ein paar Tage zu lange herum. Mit der Gesundheit soll man nicht schludern!«

Selbstbewußt griff er nach ihrer Jacke und schob sie zum Büro hinaus.

Der Internist, bei dem Julia vorsprach, brauchte nicht lange, um den wahren Grund für ihre Unpäßlichkeit herauszufinden, und überwies sie vorsichtshalber zu einem Gynäkologen, der sein Urteil bestätigen sollte.

Als Julia mit der Diagnose aus dem Sprechzimmer herauskam, ging sie mit starrem Blick an Thomas vorbei und murmelte etwas von »Ich brauche einen Schnaps« und »Mutters Schicksal wird auch meines«.

Thomas stürmte an der Sprechstundenhilfe vorbei ins Arztzimmer und beugte sich ungefragt zu dem verdutzten Mediziner herab.

»Ist es heilbar?« fragte er mit schreckgeweiteten Augen. »Ich kann mir die besten Ärzte leisten.«

Der Arzt beugte sich in seinem wuchtigen Sessel zurück und lachte schallend los.

»Mein lieber Junge, Ihr Mädel ist in guter Hoffnung, und die ist nach neun Monaten auskuriert.

Natürlich können Sie teure Spezialisten anheuern, aber das Baby kommt auch so auf die Welt«, und er lachte, bis ihm die Tränen die Wangen herabliefen.

Thomas stand da wie eine erstarrte Salzsäule.

»Wie bitte, meine Verlobte ist gar nicht krank?« fragte er dümmlich nach.

»Nein«, sagte der Arzt, »das ist sie mit Sicherheit nicht. Herzlichen Glückwunsch, junger Vater.«

Thomas holte tief Luft und stieß dann einen Schrei aus, den Julia noch draußen auf der Straße hören konnte.

Dann machte er einen Luftsprung und stürmte zur Praxis hinaus, um Julia einzuholen.

Er warf seinen Mantel auf den Gehweg und hob sie mit beiden Armen in die Luft, um sie dann vorsichtig wieder herunterzulassen.

»Meine süße kleine Prinzessin, ich stelle dir hiermit den glücklichsten Mann auf der Welt vor. Ich habe mein Juraexamen geschafft, und meine zukünftige Frau bekommt ein Baby. Ich hebe gleich ab, wenn du mich nicht wieder auf die Erde runterholst.«

Er strahlte sie mit solch funkelnden Augen an, daß Julia für einen Moment ihre Verzweiflung vergaß und selbst lächeln mußte, obwohl ihr gleichzeitig die Tränen herunterliefen.

Thomas nahm vorsichtig ihr Gesicht in seine Hände.

»Aber Kleines, du weinst ja. Freust du dich denn gar nicht?« fragte er verunsichert.

Julia schüttelte heftig den Kopf.

»Nein, Thomas. Weil ich nicht wie meine Mutter enden will. Ich möchte frei sein, meinen Beruf ausüben und die Welt anschauen, anstatt in Windelbergen zu ersticken. Ich bin todunglücklich!« weinte sie verzweifelt los.

Thomas nahm die Hände von ihr und sah betroffen zu Boden.

Kälte kroch in ihm hoch, und mit einem Wisch war seine ganze Glückseligkeit wie weggefegt.

»Fahr mich bitte nach Hause!« sagte Julia wortkarg.

Wie in Trance öffnete Thomas die Wagentüre, und heroisch verkniff er sich die Tränen, die sich trotz seiner nüchternen Natur in seine Augen schlichen.

Er hatte ehrlichen Herzens vor, Julia glücklich zu machen. Warum wehrte sie sich derart gegen seine Liebe?

Es wurde höchste Zeit, daß ich meine verbohrte Tochter zur Vernunft brachte und dem armen Thomas zu seinem Glück verhalf.

# 22

Ganz offensichtlich gründete das Hauptproblem meines Familienclans in seiner Fortpflanzungsfreudigkeit.

Alex schaffte kurze Zeit später ebenfalls sein Examen als Jurist, und in einer Familienversammlung wurde beschlossen, daß mein Sohn zusammen mit Thomas die Kanzlei seines Vaters weiterführen sollte, bis dieser wieder Lust verspürte, seinem Beruf nachzugehen.

Es war ein wunderschöner Sonntag, und die ganze Familie hatte sich zu einem Treffen versammelt, zu dem Edwin aufgerufen hatte. Edwin hatte Tage voller Sorge und Grübeleien verbracht, um sich dann letztendlich in sein Schicksal als werdender Vater und gleichzeitig Großvater zu ergeben.

Cleo weigerte sich nach wie vor, ihre Meinung zum Thema Nachwuchs zu ändern, und ließ durchblicken, ihre Schwangerschaft jedem auf die Nase zu binden, der sie danach fragte.

Edwin war schlau genug zu verstehen, daß Cleo minütlich darauf wartete, einen Heiratsantrag von ihm zu erhalten.

Mein geschätzter Witwer begann nun, diesen Alptraum regelmäßig und stetig mit Alkohol in den Griff zu bekommen.

Herta hatte alle Hände voll zu tun, ihn aus seinem Zimmer zu locken, zu einer Dusche zu überreden und zur Teilnahme an den Mahlzeiten zu bewegen.

Erna, die früher für unsere Kinder zuständig gewesen war, konzentrierte sich nun auf meinen Mann und sorgte dafür, daß er nicht vollends im Suff verkam.

Edwin war es müde, sich um unsere Kanzlei sorgen zu müssen, und so beschloß er, den beiden jungen Anwälten, um die seine Familie nun reicher geworden war, sein Lebenswerk abzutreten.

Herta hatte für das Familientreffen alles wunderschön vorbereitet und ausnahmsweise Leckereien gekocht, die Edwin zu schätzen wußte.

Ansonsten strafte sie ihn mit Eintöpfen und Diätessen, die Edwin hoheitsvoll verachtete und durch Hochprozentiges ersetzte.

Die Familie hatte sich um die große Tafel versammelt, und ich schwebte, sie liebevoll betrachtend, über dem Tisch.

Edwin hatte sich dank Ernas Regime rasiert, elegant gekleidet und das Mittagessen sogar nüchtern überstanden.

Während Anja sich mit Julia über ihre Schwangerschaft unterhielt, entfernten sich die Männer zu einem Kaffee auf die Veranda.

Edwin musterte stolz und liebevoll seinen Sohn und bedauerte, sich für seinen Jungen viel zu selten Zeit genommen zu haben.

Thomas war ein idealer Schwiegersohn, anständig und korrekt, und Edwin mußte im nachhinein über seinen Melker-Witz lächeln.

Genüßlich sog Edwin den Rauch seiner Zigarre ein und starrte versonnen in den Garten.

»Alexander, ich habe meinen beiden Teilhabern gekündigt. Ich würde mich freuen, wenn du die Kanzlei übernimmst.

Da sie für einen allein aber zu groß ist, wollte ich dich fragen, was du von Thomas als Teilhaber hältst?« sagte Edwin und sah seinen Sohn erwartungsvoll an.

Alexander musterte seinen Vater fassungslos.

»Papa, traust du mir diese große Aufgabe denn zu?« fragte er befangen.

Edwin nickte.

»Aber natürlich, du bist doch schließlich mein Sohn! Und ich werde euch am Anfang nach Kräften unterstützen. Aber auf Dauer bin ich einfach zu müde, den ganzen Laden weiterhin zu schmeißen.

Mir fehlt Mutter doch sehr, und meine letzten Jahre möchte ich mir Zeit nehmen für wichtigere Dinge.«

Spontan umarmte Alexander seinen Vater und strahlte dann Thomas an.

»Na, Kompagnon, werden wir das schaffen?« fragte er schelmisch. Thomas war kreidebleich geworden und sah mit starrem Blick ins Wohnzimmer.

»Ich muß erst einmal Julias Zustimmung einholen. Sie muß für mich die Entscheidung treffen«, sagte er leise und ging still ins Eßzimmer zurück.

Wenn Julia schon kein Baby von mir will, wie soll sie da wissen, ob sie auf Dauer bei mir bleibt? grübelte er todtraurig, und ich verspürte großes Mitleid mit dem jungen Mann.

Seine ganze Zukunft hing von meiner Tochter ab, und die war im Moment mit nichts anderem beschäftigt, als zu verhindern, daß sie so wie ich als Anhängsel eines ignoranten Ehemannes endete.

Die Zeit war gekommen, mich bei meiner Tochter bemerkbar zu machen.

Julia und Anja hatten sich in das frühere Mädchenzimmer meiner Tochter zurückgezogen und blätterten eifrig in einem Katalog für Babyausstattungen.

Neugierig blickte ich den beiden jungen Damen über die Schulter und bedauerte wieder einmal, nicht von dieser Welt zu sein. Traumhafte Strampelhöschen, knuddelige Plüschtiere, luxuriöse Kinderwagen und Windelsortimente ließen mein großmütterliches Herz schmelzen.

Warum war es mir nicht vergönnt gewesen, meine Enkelkinder im Arm zu wiegen und an ihrer rosigen Haut zu schnuppern?

Ich hatte noch immer den Duft meiner eigenen Babys in der Nase, wie ihn nur Säuglinge zu haben pflegen.

Ein Duftgemisch aus Pfirsich, weicher Haut und Babycreme.

Meine Tochter mochte ihre zukünftige Schwägerin wie eine eigene Schwester, und ich bemerkte, wie Julia skeptisch darüber grübelte, wie Anja sich nur so spontan und ungebremst auf ihr Kind freuen konnte.

»Hast du denn keine Angst vor deiner neuen Zukunft?« fragte sie mißtrauisch.

Anja strahlte sie mit ihren rehbraunen Augen an und umarmte sie. »Warum sollte ich Angst haben, Julia? Ich hatte am allermeisten Angst davor, eine vertrocknete alte Jungfer zu werden, die mit den Jahren immer einsamer und boshafter wird«, lachte sie beschwichtigend.

Julia schüttelte den Kopf.

»Ach Anja, ich muß mich jemandem anvertrauen. Mama ist ja nicht mehr da, und nun bräuchte ich sie so dringend. Ich habe Mutter immer für ihr einfaches Hausfrauendasein verurteilt, und nun verstehe ich erst, was sie meinte, als sie sagte, wir seien ihr Inhalt.

Ich bin eine selbstbewußte Frau, und trotzdem bräuchte ich im Moment niemanden dringender als meine Mutter.«

Die Tränen flossen bei meinem Mädchen nun hemmungslos, und Anja machte ein sehr ernstes Gesicht.

»Aber Julia, so kenne ich dich ja gar nicht. Was hast du denn für ein Problem, daß du so dermaßen die Fassung darüber verlierst? Ist mit Thomas etwas nicht in Ordnung?« fragte sie teilnahmsvoll.

Julia schüttelte den Kopf.

»Nein, Anja, er ist der liebste Mann, den man sich wünschen kann. Ich habe einfach nur Angst, daß aus meinem Traumprinzen eines Tages solch ein Ungeheuer wird, wie mein Vater eines ist.«

Julia wischte sich die Tränen vom Gesicht und schluchzte verzweifelt auf.

»Anja, ich bin genauso schwanger wie du, und es macht mir entsetzliche Angst, die Verantwortung für einen kleinen Menschen zu übernehmen.«

Anja öffnete beide Arme, um dann ihre zukünftige Schwägerin stürmisch zu umarmen.

»Du Kindskopf, warum glaubst du, Thomas wird wie dein Vater werden? Dann würde vermutlich kein Mensch mehr heiraten, wenn das Schicksal der Eltern sich wiederholte.

Es liegt doch in deiner Hand, dein Leben zu gestalten, und Thomas liebt dich doch von ganzem Herzen! Wie wunderbar, daß auch du ein Kind bekommst. Ich möchte auf der Stelle, daß du in Freudentränen ausbrichst und mit mir die Erstlingsausstattung aussuchst. Vielleicht landen wir ja zusammen im Kreißsaal und können gucken, wer von uns beiden weniger Wehen benötigt, um sein Kleinchen ans Licht der Welt zu befördern«, ereiferte sich Anja und begann, suchend im Katalog zu blättern.

Julia sah sie zaghaft lächelnd an.

»Ehrlich gesagt, ich freue mich ja auch über das Baby, wenn da nur nicht diese Angst wäre.«

Anja machte eine abwehrende Handbewegung.

»Es gibt über fünf Milliarden Menschen auf diesem Planeten, das heißt fünf Milliarden mal hat eine Frau unser Schicksal durchlebt. Du bist doch wohl nicht die erste, die daran scheitern möchte?«

Mein Gott, was hatte mein Sohn da für eine Prachtfrau an Land gezogen! Das Mädel strotzte nur so vor positiver Lebenseinstellung und Harmonie, und zwar in ansteckender Weise.

Ich dachte mich flugs in meinen Speicher und schwebte zielsicher zu den großen alten Weidenkörben, in denen ich die Babywäsche meiner Kinder über die Jahre verstaut hatte.

Die zwei Damen, die jetzt eine Etage unter mir in Julias Zimmer beieinander saßen, konnten meine sorgsam gehorteten Schätze nun mit Sicherheit gebrauchen.

Auf die beiden Körbe legte ich meinen Laptop, und dann spurtete ich zu meiner nächsten Geistervorstellung.

Julia diskutierte mit Anja gerade über verschiedene Kinderwagen, als ich die Zimmertüre weit öffnete, um meine Wäschekörbe hindurch zu manövrieren.

Anja sah neugierig auf und lachte schallend los, denn Julia war auf ihr Sofa gesprungen und zeigte mit zitternder Hand auf die Türe.

»Anja, siehst du das? Siehst du auch schwebende Wäschekörbe?« flüsterte sie fassungslos.

Anja hielt ihren schwangeren Bauch und japste nach Luft.

»Na klar sehe ich auch schwebende Wäschekörbe. Ist doch ganz normal, wenn die zukünftige Oma ein Gespenst ist«, lachte sie weiter.

Julia sah sie halb entsetzt und halb wütend an.

»Anja, mach keine Witze über meine Mutter. Irgend jemand treibt hier einen üblen Scherz mit uns.«

Ich ließ die Wäschekörbe vor den Nasen der beiden Damen sanft landen und klappte meinen kleinen Computer auf, um mit meiner Tochter ins Gespräch kommen zu können.

Julia nahm alle Gesichtsfarben abwechselnd an, die der menschliche Kreislauf zustande bringt.

Anja starrte bereits neugierig auf den Computerbildschirm, und so legte ich los, um mein armes Mädel aus ihrer Verwirrung zu befreien.

»Hallo Julia, hier ist Mutter, oder sollte ich besser sagen ›Oma‹?« fragte ich scherzhaft.

Julia sah sich verwirrt um und blickte dann fragend zu Anja.

»Was soll das?« fragte sie hilflos.

Anja lächelte amüsiert und gab ihr entsprechende Instruktionen, um sich mit einem Wesen wie mir unterhalten zu können.

»Deine Mutter ist nicht tot, Julia. Wir können sie nur nicht mehr sehen, sie aber dafür uns. Du kannst ganz normal mit ihr sprechen, und sie wird dir die Antwort in den Computer tippen.«

Julia starrte in die nächstbeste Zimmerecke und sagte fast unhörbar: »Mama, wo bist du gerade?«

»Neben dir!« tippte meine Geisterhand in den Computer.

»Mama, wenn das alles kein Witz ist, dann erkläre mir bitte, warum du herumgeistern kannst«, flüsterte Julia weiter.

»Weil ich nicht unter normalen Umständen gestorben bin und mir die Höhere Macht die Gelegenheit gegeben hat, meinen Tod aufzuklären«, tippte ich in die Tastatur.

Julia rieb sich mit den Fingerspitzen die Stirn und schüttelte den Kopf.

»Es ist alles ein Alptraum! Ich bin im Moment sicher nur ein wenig überarbeitet. Anja, sag mir, daß das alles nur ein böser Alptraum ist«, wisperte meine Tochter.

Anja sah sie liebevoll an und schwieg, denn ich tippte bereits wieder los.

»Julia, wenn der Moment gekommen ist, wirst du mich ein letztes Mal sehen können. Bis dahin vertrau mir, und mach dich nicht verrückt.

Alle aus der Familie, Herta eingeschlossen, wissen bereits seit einiger Zeit, daß ich immer noch da bin. Nur dein Vater ahnt nichts davon, und das soll auch so bleiben.

Julia, diese Cleo hat sehr viel mit meinem Tod zu tun, weil sie hinter unserem Vermögen her ist. Sie wird euch auch demnächst mit einer Schwangerschaft zu erpressen versuchen. Das Kind ist nicht von eurem Vater, wie sie behaupten wird. Aber schweigt und spielt ihr Spielchen mit. Ich werde dafür sorgen, daß die Gerechtigkeit ihren Lauf nimmt.«

Julia sah aufgebracht zu Anja und dann neben sich, wo sie mich anscheinend vermutete.

»Mama, ich habe diese aufgetakelte Schlampe vom ersten Moment an gehaßt«, wetterte sie los.

»Ich weiß, du hast sie gefeuert. Das war auch gut so. Behandele sie wie eine liebenswerte Stiefmutter, auch wenn es dir schwerfällt. Ich werde dafür sorgen, daß ihre Gemeinheiten ans Tageslicht kommen.«

Julia stand abrupt auf und öffnete die Arme in der Luft.

»Ach, Mama, selbst wenn ich im Moment eine Halluzination habe, dann habe ich sie gerne. Ich möchte dich am liebsten umarmen, so sehr vermisse ich dich. Ich verstehe erst jetzt, wo du nicht mehr da bist, wie wunderbar und klug du warst. Danke, Mama.«

Ich schniefte gerührt und tippte mit tränenerfüllten Augen meine Antwort.

»Julia, freu dich auf dein Baby. Du wirst eine wunderbare Mutter abgeben, und mit Thomas bekommst du einen Mann, wie du ihn nicht mehr finden wirst. Dein Leben wird niemals wie meines verlaufen, weil du Julia bist und nicht deine Mutter«, tröstete ich mein Mädel.

Julias aufmüpfige Lebensgeister kehrten merklich zurück, denn sie begann bereits wieder zu kichern.

»Mamilein, deine Beerdigung war ja das Steilste, was mir jemals untergekommen ist. Papa hat vermutlich heute noch einen Schock, weil du sein Violinkonzert abgewürgt hast und Michael Jackson hast dröhnen lassen.

Jetzt verstehe ich auch Hertas Gerede und die Konfetti, die sie dir ins Grab geworfen hat. Sie wußte ja, daß du nicht richtig tot bist.«

Ich tippte eine letzte Antwort in meinen Laptop.

»Julia, wenn du mich brauchst, denke einfach an mich. Ich werde da sein. Und nun sucht euch beide unter den Babysachen die hübschesten Stücke aus, und freut euch auf euren Nachwuchs.«

Die beiden Mädels sahen einander strahlend an und begannen eifrig, in den Körben zu wühlen und sich an den hübschen Sachen zu erfreuen, wobei sie nicht vergaßen, sie gerecht untereinander aufzuteilen.

# 23

Ich schwebte blitzschnell auf die Terrasse, wo mein geschätzter Witwer ein ernstes Gespräch mit unserem Sohn unter vier Augen zu führen schien.

Alexander biß wieder auf seiner Lippe herum und hatte seine sämtlichen Finger vor Anspannung verkrampft.

Wie traurig, daß mein lebenslustiger und erfolgreicher Sohn immer noch solch eine Panik entwickelte, wenn er es mit seinem Vater zu tun hatte.

Edwin jedoch war aus gutem Grund besonders mild gestimmt und sah seinen Sohn gönnerhaft an.

»Junge, du wolltest mich sprechen?« raunzte er väterlich und legte den Arm um Alex, was freilich alles nur noch viel schlimmer machte.

»Papa, ich kann es gar nicht fassen, daß du dich in der Blüte deiner Jahre aus deiner Kanzlei zurückziehen willst und mir unerfahrenen Menschen dein Lebenswerk anvertrauen möchtest!« sagte mein Sohn voller Zweifel.

Edwin klopfte ihm beruhigend auf die Schulter. Natürlich konnte ich seine feigen Gedanken lesen. Mein Holder wollte retten, was noch zu retten war.

Eine schwangere Geliebte konnte er sich weder beruflich noch privat leisten.

Man würde ihn, so kurz nach meinem Tod, in unserer kleinen Stadt gesellschaftlich meiden und ächten, von den beruflichen Konsequenzen ganz zu schweigen.

Mehr noch scheute Edwin jedoch die Verachtung seiner Kinder, und er hatte, welch edler Gedanke, berechtigte Befürchtungen, daß sie ihn auf Dauer ablehnen würden.

Deshalb begann er sehr vorsichtig und taktvoll, Alexander seine Pläne beizubringen.

»Sohn, ich weiß erst seit Mutter tot ist, welcher Verlust mich damit getroffen hat. Ich habe den Fehler gemacht, meine Familie über die Karriere zu vernachlässigen, und diesen Fehler möchte ich nicht länger weitermachen.

Ich möchte richtig leben und deshalb in unser Domizil in der Schweiz umziehen. Ein alter Knochen wie ich soll euch Jungen nicht im Wege stehen. Ich habe mir gedacht, daß Julia und du das Haus hier umbaut und ihr mit euren Familien darin wohnen werdet. Platz genug für alle ist da.«

Oh, mein lieber Edwin, welche Güte doch aus deinem dunklen Herzensgrund entspringt!

Alex sah seinen Vater fassungslos an.

»Papa, wenn du schon so denkst, dann kann ich dir wohl sagen, daß Anja ein Baby bekommt und wir demnächst heiraten werden!« stammelte mein Sohn, und ich spürte, daß er all seinen Mut zusammennehmen mußte, um seinem Vater so direkt seinen Entschluß mitteilen zu können.

Edwins Blutdruck schwoll in diesem Augenblick empfindlich an, und normalerweise pflegte er in solchen Momenten mit herrschsüchtiger Stimme Meinungsverschiedenheiten abzubrechen, bis man ihm freiwillig recht gab.

Aber mein lieber Mann unterdrückte aus gutem Grund seine wahren Gedanken und nickte bekräftigend.

»Das freut mich aber, mein lieber Junge. Mit Anja hast du einen guten Griff getan, und wenn ihr Nachwuchs bekommt, so soll es mir nur recht sein.«

Wenn Lügen aus Gift beständen, dann wäre mein werter Gatte in diesem Moment mausetot umgefallen, so aber lebte und log er weiter.

Alexander sah ihn strahlend und dankbar an.

»Papa, so kenne ich dich ja gar nicht. Ich hatte mich ehrlich gesagt auf ein Donnerwetter gefaßt gemacht. Ich freue mich, wenn du das Leben in der Schweiz genießen willst. Ich werde unsere Firma mit allen Kräften leiten und führen, wenn Thomas mir helfen wird.«

Thomas hatte sich inzwischen traurig nach Julia auf die Suche gemacht, als er aus ihrem Mädchenzimmer Gegacker und Gelächter hörte.

Neugierig öffnete er die Tür einen Spalt, und die Augen quollen ihm über.

Beide jungen Frauen hatten sich Kissen unter ihre Pullis gestopft und äfften mit breitbeinigem und schwerfälligem Gang Hochschwangere nach.

»Julia, tiief atmen und dann pressen! Und der Herr Papa soll kräftig mitpressen!« lachte Anja, und Julia hielt beide Arme schützend über ihren Kissenwall.

»Ich möchte bitte schön im Taxi entbinden, damit ich auch was davon habe!« kicherte sie kindisch los, und beide Frauen fielen sich lachend in die Arme.

Irritiert trat Thomas zu ihnen ins Zimmer, und Julia verstummte plötzlich mit ihrem Schabernack.

»Ich habe dich im ganzen Haus gesucht, Julia. Entschuldigt bitte, daß ich euch störe, aber ich muß etwas mit dir besprechen«, sagte er niedergeschlagen.

Julia trat mit leuchtenden Augen auf ihn zu.

»Du kannst ruhig auf Vaters Angebot eingehen. Zum Teil war es nämlich auch meine Idee, weil ich einfach mit der Führung der Kanzlei überfordert war. Im übrigen wird es Zeit, daß du Geld ins Haus bringst.

Dein Kind braucht einen Ernährer!« flüsterte sie ihm schelmisch ins Ohr und sah ihn strahlend an.

Thomas machte ein Gesicht, das grenzenlose Überraschung verriet.

»Heißt das, du freust dich auch? Heißt das, wir bekommen das Baby und du heiratest mich?» flüsterte er fassungslos.

Anja schob sich mit ihrem großen Bauch zwischen die beiden und grinste ihn schadenfroh an.

«Hallo Schwager, deine Leitung ist wirklich rekordverdächtig schnell. Aber du bist ein netter Kerl, und darum darfst du schon mal Schwägerin zu mir sagen! alberte sie fröhlich, und die drei umarmten einander lachend.

Alex stürmte mit seiner ebenfalls guten Nachricht die Treppen hoch und riß die Tür zum Zimmer seiner Schwester auf.

»Kinder, heute ist ein herrlicher Tag«, jubelte er, und dann steckten die vier die Köpfe zusammen, um über ihre Hochzeiten und den Umbau des Hauses zu beraten.

# 24

Edwin lief der Schweiß am Körper herunter, denn er durfte sich im Moment nicht den kleinsten Fehler erlauben, wenn er nicht auch noch den Rest seiner Familie verlieren wollte.

In diesem Moment klingelte es am Portal, und Edwin hörte, wie Herta schimpfend zur Türe ging.

»Dieses Haus ist wie ein Bienenstock«, keifte meine treue Seele und riß entnervt die Türe auf.

Draußen stand in Lauerstellung so ungefähr das Liebste, was Herta sich im Moment wünschen konnte.

Meine reizende Rivalin hatte sich besonders gekonnt aufgestylt und sah Herta mit haßerfüllten Augen an.

»Würden Sie mich bitte Dr. Kaminski melden?« fragte sie mit frostiger Stimme.

Herta, die ich inzwischen gründlich in meinen Schlachtplan eingeweiht hatte, setzte ihr süßestes Putzfrauenlächeln auf und öffnete ihr mit einem unterwürfigen Diener.

»Fräulein Wunderlich, bitte treten Sie ein. Ihr Besuch freut uns immer!« log sie, ohne mit der Wimper zu zucken, und ich stellte amüsiert fest, wie viele Menschen eigentlich das Zeug dazu hatten, hervorragende Schauspielkunst zu präsentieren.

Erna, die neugierig aus der Küche lugte, rümpfte indessen angewidert die Nase und verschwand ebenso schweigsam, wie sie aufgetaucht war.

Ich schwebte um das Liebesglück meines Mannes und schüttelte den Kopf.

Cleo hatte sich ihr langes Haar viel zu kurz abschneiden lassen, und in den Jeanslatzhosen sah sie aus wie ein überfressener Tankwart.

Ihr Atombusen sprengte fast die Hosenträger, und der sich sanft rundende Bauch sorgte dafür, daß man keinerlei Erinnerung mehr an ihre frühere Traumfigur hatte.

Herta stürmte auf die Terrasse und riß Edwin aus seinen Gedanken.

»Gnädiger Herr, Fräulein Wunderlich wünscht Sie zu sprechen!« posaunte sie schadenfroh.

Edwin sah sie kreidebleich an.

»Um Gottes willen, lassen Sie diese Person auf keinen Fall ins Haus, solange die Kinder da sind!« befahl er mit aschfahler Gesichtsfarbe, und in diesem Moment hätte er ausgezeichnet als Geist zu mir gepaßt.

»Tut mir leid, mein Süßer, ich bin bereits in deinem Haus!« zischte Cleo und trat zu ihm auf die Terrasse.

Edwin wurde bei ihrem Anblick speiübel.

Cleo erschien ihm wie ein Alptraum aus einem schlechten Film. Aus der honigsüßen Leckerpraline war eine kotzsaure Essiggurke geworden, die mit ihrem Anblick ins Putzmittelsortiment eines Supermarktes paßte, aber nicht in erotische Männerträume.

»Edwin, ich bin immer noch schwanger, und ich erwarte, daß du mir eine Lösung vorschlägst!« sagte Cleo gefährlich langsam.

Dabei steckte sie sich trotz ihres Zustandes eine Zigarette an, und Herta erdolchte sie mit ihren mißbilligenden Blikken.

Edwin raufte sich fassungslos das Haar.

»Cleo, ich kann mir unmöglich einen Skandal erlauben. Ich schlage dir vor, daß wir uns in die Schweiz in mein Feriendomizil zurückziehen und dort das Trauerjahr abwarten und die Geburt des Kindes«, schlug er mit zittriger Stimme vor und schaute nervös zur Türe, hinter der er meine Kinder vermutete.

Cleo lächelte siegessicher und strich ihm mit ihren langen Fingern genußvoll über die Stirn.

»Aber natürlich bin ich mit deinem Vorschlag einverstanden, mein Häschen«, schmeichelte sie und vergaß dabei, daß ihr Aussehen die Wirkung jeder Freundlichkeit ruinierte.

Ich hatte inzwischen meine Kinder auf den Schlachtplan gerufen und genauestens instruiert, wie sie den Feind zu behandeln hatten.

Alle vier kamen mit unschuldigen und freundlichen Gesichtern die Treppe herab und stellten sich schützend um Edwin herum auf. Besonders Julia hatte ihr breitestes Lächeln aufgesetzt und griente ihre Erzfeindin huldvoll an.

Cleo ging innerlich in Angriffsstellung, denn von meiner Tochter war sie Feindseligkeit gewohnt, und so vermutete sie hinter der freundlichen Miene eine besonders geschickte Taktik, um geärgert zu werden.

Edwin wünschte sich in diesem Moment, tot umzufallen, und wartete erstarrt auf die Katastrophe, die sich anzubahnen schien.

Aber nein, es kam und geschah alles ganz anders.

Anja wies mit der Hand auf Cleos Bauch und stupste dann Edwin respektlos in die Seite.

»Na Schwiegervater, da hast du aber mächtig gebaggert!« polterte sie los, und ich gluckste vor Lachen.

Edwins Kopf war in diesem Moment ein Kraftwerk kurz vor dem Supergau.

Diese primitive, subtile, kleine Möchtegern-Schwiegertochter mußte direkt aus dem Urwald den Weg in sein Haus gefunden haben. Als Dr. Kaminski baggerte man nicht roh in der Gegend herum, sondern man hatte eben ein kleines Tête-à-tête.

Anja hielt die Hand auf ihren Bauch und strahlte. »Fräulein Cleo, Ihr Kleinchen ist dann praktisch der Großonkel oder die Großtante von unseren Kindern«, stänkerte sie weiter.

»Wie kommt ihr darauf, daß ich der Vater von Fräulein Cleos Kind bin?« empörte Edwin sich frech.

Thomas sah ihn mit zusammengekniffenen Augen an.

»Aber Schwiegervater, du bist doch auch nur ein Mann!« pöbelte er sarkastisch los.

Cleo spürte die Heiterkeit und taute aus ihrer Sprachlosigkeit auf.

»Edwin, sag deinen Kindern, daß wir uns näher begegnet sind. Ich bedaure ja selbst meinen Sündenfall, aber wir sind doch alle nur Menschen!« schauspielerte sie gekonnt, und jede Margarine war Streusalz im Vergleich zu ihrem Schmäh.

Edwin nahm wieder seine tomatenrote Gesichtsfarbe an und hüstelte verlegen.

»Es ist eine Katastrophe, wo Mutter gerade unter der Erde ist. Ich wollte eurer Mutter auf keinen Fall weh tun, und ich wollte auch keine Kinder mehr. Aber es ist nun einmal geschehen.«

Julia, mein geliebtes Herzblatt, lief nun zur Höchstform auf.

Mit huldvoller Miene trat sie auf Cleo zu und schaffte es sogar, den schwangeren Tankwart zu umarmen.

»Cleo, verzeihen Sie meine harte Tour im Büro. Aber Arbeit ist Arbeit, und privat ist eben privat«, schleimte sie todernst und wandte sich ermahnend an ihren Vater.

»Papa, du stehst doch zu dem Mädchen und dem Kind?« fragte sie, ohne eine Miene zu verziehen.

Edwin schüttelte ergeben die Schultern.

»Ich habe erwartet, daß ihr mich verstoßt!« heulte er los wie ein Waschweib und schneuzte sich kräftig.

»Ich werde in die Schweiz gehen, damit euch keine gesellschaftlichen Nachteile entstehen, und wir werden nur zu Besuch kommen, wenn ihr es wünscht.«

Cleo, die sich unter der Schweiz Chalets, Heidi-Romantik und Skipisten vorstellte, nickte zustimmend.

Julia war mit ihrer Tortur noch nicht am Ende.

Mit triefendem Dackelblick wandte sie sich an meine Mörderin und drückte die erstaunte Atombusen-Besitzerin an sich.

»Cleo, endlich ist wieder eine Frau an Vaters Seite. Uns allen hat ja so die Mutter gefehlt!« log sie scheinheilig und drückte Cleos Hand.

Cleo sah sie mit blitzenden Katzenaugen an und strich ihr theatralisch über die Wange.

Ihre grenzenlose Dummheit ließ sie nicht den Fatalismus der Situation erkennen, und so tröstete sie meine Tochter hingebungsvoll.

»Liebe Julia, ich kann Ihnen niemals die Mutter ersetzen, aber ich möchte Ihnen eine gute Freundin sein«, bot sie großspurig an.

Dumme Kuh, dachte Julia und lächelte gleichzeitig dankbar. Vier Jahre jünger als ich und doppelt so doof, aber meine Freundin sein wollen, ärgerte sich meine Tochter still weiter.

Edwin fiel ein Stein vom Herzen.

Wenn er erst einmal in der Schweiz war, würde er Cleo schon den richtigen Ton beibringen und versuchen, sie mit Nörgeleien und häufiger Abwesenheit zu vergraulen.

Ich schwebte genußvoll über diesem Bild der Harmonie und freute mich diebisch auf das Ende mit Schrecken, das besser sein sollte, als ein Schrecken ohne Ende.

# 25

Edwin sorgte dafür, daß Cleo und er in den nächsten Tagen in die Schweiz abreisten.

Zuvor hatte er die Kanzlei auf Thomas und Alex übertragen, und das Elternhaus wurde zu gleichen Teilen meinen Kindern überschrieben.

Während die jungen Männer vollauf mit der Führung der Kanzlei beschäftigt waren, werkelten die beiden Mädchen fleißig am Umbau des Hauses mit, um Platz für bald zwei Familien zu schaffen.

Ich übernahm in dieser Zeit den Küchenjob, um Herta Zeit zu lassen, beim Räumen und Putzen zu helfen.

Erna, die aufblühte, als man ihr die Nachricht von zwei zu erwartenden Brüllwürfeln mitteilte, strickte, bügelte und nähte für den Nachwuchs, was das Zeug hielt.

Ich setzte gerade meine Energie dafür ein, daß die Kartoffeln sich wie von selbst schälten, als die Stimme meiner Tochter durchs Haus hallte.

»Maamii, wo bist du?« rief sie laut.

Ich schnappte meinen Computer und fand sie in der oberen Diele. »Mami, kannst du eigentlich auch Möbel bewegen?« fragte sie und wischte sich das staubige Haar von der Stirn.

»Weißt du, Mami, die Bauarbeiter kommen ja morgen, und da sollten die Möbel von Thomas und mir schon im Parterre sein, damit sie umbauen können. Kannst du nicht ein klein wenig nachhelfen?« fragte sie treuherzig.

Und ob ich konnte!

Der Schrank erhob sich wie ein Helikopter beim Rettungsanflug und schwebte vorsichtig die Treppen hinab, wo Julia mir seinen neuen Platz zeigte.

Eh ich mich versah, wurde ich zum Möbelpacker umfunktioniert und räumte unter den Anweisungen meiner Tochter das gesamte Haus um. Als das letzte Stück an seinem neuen Platz stand, spürte ich eine bleierne Müdigkeit und wünschte mir nur noch meine Schrankecke. Zum ersten Mal seit meinem Unfall wollte ich nur noch eines: ewige Ruhe – so sehr erschöpft war ich nämlich von den vielen Ereignissen.

Edwin war mit Cleo nicht in die Schweiz geflogen, sondern in eine Art Strafexil.

Unsere kleine Zweitwohnung enttäuschte Cleo auf das Tiefste, und als sie im kleinen Salon vergeblich Ausschau nach einem Bergpanorama hielt, konnte sie sich nicht mehr beherrschen.

Wütend sah sie Edwin an, dem die Erschöpfung ins Gesicht geschrieben stand.

»Was heißt hier Domizil in der Schweiz?« keifte sie zornig.

»Soll in dieser kleinen Bude (und damit meinte sie immerhin eine Drei-Zimmer-Wohnnung) mein armes Kind großwerden?«

Edwin sah sie unterwürfig an.

»Cleo-Mäuschen, aber nein, wir werden uns ein nettes Haus suchen. Laß uns nur etwas Zeit zum Überlegen«, beschwichtigte er den zum Weib gewordenen Hurrican.

»Wir wollen doch nicht das Erstbeste kaufen, oder?« fragte er scheinheilig.

Cleo brummte ungehalten in sich hinein und warf wütend die Türe zum Badezimmer zu.

Edwin ließ sich auf das Wohnzimmersofa fallen und griff nervös an seine Brust.

Da war es wieder, dieses Stechen, das er, seitdem er zu Cleos Sklaven avanciert war, immer heftiger verspürte.

Die ständige Anwesenheit von Cleo kostete ihn seine letzten Nerven und anscheinend auch seine Gesundheit.

Mein gepflegter und gehegter Gatte wurde von seinem Liebchen derart traktiert, daß er schon fast auf Pfiff apportierte.

Zum ersten Mal in unserer Ehe gönnte ich ihm neidlos eine Affäre.

Meine Kinder wußten über alle Zusammenhänge Bescheid und auch darüber, daß Cleo nicht von ihrem Vater schwanger war.

Ihre anfängliche Wut war inzwischen einer diebischen Schadenfreude gewichen, denn sie konnten sich lebhaft vorstellen, wie raffiniert Cleo den guten, alten Edwin durch die Mangel drehte.

Cleo keifte von morgens bis abends.

Edwin versuchte, sämtliche Ursachen zu beseitigen, die bei ihr Unmut auslösen konnten, aber das war ein schier unmögliches Unterfangen.

Er engagierte eine Putzfrau, um Cleo zu entlasten.

Cleo brauchte genau eine Woche, um der guten Frau die fristlose Kündigung zu entlocken.

Cleo fuhr selbstverständlich mit Edwins großem Benz zum Shopping.

Zwei Wochen später fehlte dem Benz immerhin schon die Kühlerhaube, die Cleos Temperament zu spüren bekam, als diese an einer Kreuzung ihren Vordermann vergeblich zu einer schnelleren Fahrweise zu animieren versucht hatte.

Cleo begann, ein Kinderzimmer einzurichten.

Zwei Monate später war ein Betreten des Zimmers nicht mehr möglich. Teddybären, Schaukel, Wippe, Laufstall, Paidibett, Wickelkommode, Elektroauto und Windeleimer blokkierten jeglichen Zugang.

Cleo ging außerdem täglich zum Friseur.

Ihrer Kurzhaarfrisur hätte zwar auch eine Behandlung mit der Kleiderbürste gereicht, aber Cleo wollte nun ganz Dame sein.

Gekocht wurde bei Cleo prinzipiell nicht mehr. Edwin mußte jeden Abend mit ihr in irgendein Feinschmeckerlokal, wo sie ihn regelmäßig blamierte.

Seit ihr Bäuchlein noch dicker geworden war, pflegte sich Cleo stets und überall breitbeinig hinzusetzen.

In eleganten Lokalen fiel das natürlich unangenehm auf.

Edwin starb tausend Tode und betete zu Gott, bald bei mir sein zu dürfen.

Cleo pflegte in den Lokalen stets dermaßen schrill zu lachen, daß selbst die Bedienungen die Augen zur Decke schlugen.

Am schönsten fand ich es aber, wenn sie ihre Eßmanieren vorführte.

Mit vollem Mund erzählte sie Edwin, wie schwabbrig doch ein Mutterkuchen sein müßte und in wieviel Liter Fruchtwasser ihr Kind wohl derzeit schwamm.

Edwin nahm stetig ab, da er bei den Mahlzeiten unter Dauerbrechreiz und Nervenkollaps zu leiden begann.

Er setzte Alkohol gegen sein Elend ein und war meist zu beduselt, um Cleos Peinlichkeiten noch zu registrieren. Unser Domizil sah bald wie die Abbruchwohnung eines Penners aus, denn Cleo störte es nicht, daß leere Flaschen herumstanden, alte Socken über den Sesseln hingen und leere Pralinenschachteln über den Tisch hinausquollen.

Edwin verzog sich meist ins Schlafzimmer, und auf Cleos Gekeife, endlich ein Haus zu kaufen, drohte er mit der Weigerung, sie zu heiraten.

Jimmy saß derweil nichtstuend und abwartend in seinem möblierten Zimmer und vertrieb sich die Zeit von Cleos Schwangerschaft ebenfalls mit Saufereien und kleinen Diebstählen.

Cleo jaulte ihm pausenlos die Ohren voll von ihrem kratzbürstigen Alten, der unrasiert und aufgedunsen jede Schwangerschaftsübelkeit auf Hochtouren brachte.

Jimmy hörte sich teilnahmslos ihr Gezeter an und zuckte mit den Schultern.

»Denk an die Kohle von dem Alten und halt durch!« raunzte er in den Telefonhörer, wenn sie wieder einmal verzweifelt anrief.

»Du bist schon im achten Monat, und das Schlimmste ist überstanden«, versuchte er sie bei Laune zu halten.

Ich hielt mich in dieser Zeit meist bei meinen Kindern auf, da sie mich dringender benötigten als mein werter Gatte und seine Schreckenseroberung.

Ab und zu aber dachte ich mich in Sekundenschnelle nach Basel, wo Edwin und Cleo-Mäuschen residierten, und beobachtete schadenfroh die Lage an der Front.

Einmal, als ich besonders unruhig war, dachte ich mich zu Edwin, als er gerade in einer besonders pikanten Situation steckte.

Cleo wollte endlich wissen, welches Haus er denn nun zu kaufen gedenke und wann er sie zu seiner Gattin machen würde, und sie hatte an jenem denkwürdigen Tag pausenlos auf ihm herumgehackt.

Edwin, der aussah, als wenn man ihn gerade im Schützengraben hätte robben lassen, wußte sich nicht mehr anders zu helfen, als schon am frühen Vormittag etliche Drinks in sich hineinzukippen.

Sein Anblick tat mir regelrecht leid.

Ob ich dem armen Sündenbock nicht zu sehr mit meiner Rache zusetzte?

Sein gepflegtes Äußeres war nur noch Erinnerung an vergangene Tage.

Er vertrug das Trinken anscheinend ausnehmend schlecht, denn sein Gesicht war aufgedunsen, und seine einstmals klugen Augen blickten apathisch um sich.

Eine regelmäßige Rasur schien ihn inzwischen zu langweilen, und so ging er ungeniert mit einem Dreitagebart durchs Leben.

Wenn er mit der inzwischen tonnenförmigen, schrillen Dame seines Herzens durch die Straßen flanierte, hätte ein Unbeteiligter beide vermutlich für Obdachlose beim Spaziergang gehalten.

Nun, an jenem Tag betrank sich mein Liebster ordentlich und trat dann schwankend zu Cleo in den kleinen Salon, wo diese auf einem großen, roten Gummiball ihre Schwangerschaftsgymnastik abrollte.

Sie tat dies nicht etwa aus Mutterliebe, sondern weil sie panische Angst vor der Entbindung und den damit verbundenen Schmerzen hatte.

Mit ihren vorsorglichen Übungen hoffte sie, ihre Qualen auf ein erträgliches Mindestmaß reduzieren zu können.

Bei diesem Anblick erschaudernd, dachte Edwin sofort an den nächsten Schnaps und lehnte sich an den Türrahmen, um besser Haltung bewahren zu können.

»Cleo, meine Süße, ich habe dir ja bereits gesagt, daß ich mehrere Häuser in Aussicht habe, und ich möchte, daß du das schönste bekommst. Aber zuerst sollten wir uns um die Heirat kümmern«, schlug er unterwürfig vor.

Der alte Banause hatte sich nicht im mindesten nach einer neuen Bleibe umgesehen, denn er war der Meinung, unser kleines Domizil sei vollkommen ausreichend für Cleo, seine ehemalige Tipse.

Na ja, und das Kind, das letztendlich nichts für seine Mutter konnte, das würde er später in ein teures Internat stecken, damit es eine anständige Ausbildung genoß.

Cleos Augen leuchteten, als Edwin das Wort Heirat in den Mund nahm.

»Oh, Schatzi, du hast also über die Hochzeit nachgedacht!« flötete sie wieder wie in alten Zeiten und fiel ihm um den Hals.

Edwin schlug ihr vor, zur Feier des Tages essen zu gehen, und Cleo, die das Kochen bekanntlich genauso wie das Putzen verabscheute, willigte nur zu gerne ein.

Die beiden suchten sich eines der vornehmsten Lokale der Stadt aus, und sie kamen in ihrem vernachlässigten Aufzug auch nur deshalb zu einem Tisch, weil Edwin dem Ober ein sagenhaftes Trinkgeld zuschob.

Elegantes Publikum unterhielt sich in stiller, angenehmer Atmosphäre, und ich erkannte sofort, daß hier nur die Crème de la Crème von Basel verkehrte.

Dieses gehobene Ambiente wurde nun von meinem reizenden Gatten und seiner noch reizenderen Begleitung auf amüsante Art und Weise aufgelockert.

Cleo sah aus wie Müllers Putzfrau in ihren Sackhosen und mit der strohblonden Strubbelfrisur, während Edwin eher wie ein im Lotto reich gewordener Mülltonnenfahrer wirkte.

Cleo pulte mit dem Zeigefingernagel in ihren Zähnen und rief mit lauter Stimme nach dem Ober.

Der musterte artig die Dame und fragte, ohne eine Miene zu verziehen, was sie zu speisen wünsche.

Cleo sah ihn an, ohne die Karte zu studieren.

»Süßer, ich möchte Hähnchen und Fritten, aber reichlich, wenn's geht.

Sie wollen doch auch, daß wir einen Wonneproppen kriegen, oder?« und mit diesen Worten schob sie ihren Bauch über den Tischrand.

Der junge Mann lächelte irritiert und schrieb auf, was man ihm aufgetragen hatte.

Cleo war noch nicht fertig mit ihren Instruktionen.

»Tja, Kleiner, und nachdem man als Schwangere keinen heben darf, bringen Sie mir eine schöne, kalte Cola.«

Edwin raufte sich innerlich das Haar und schloß die Augen, um in angenehmer Weise an mich denken zu können.

Cleo knallte ihm mit ihren Gesundheitstretern unter dem Tisch derb ans Schienbein.

»Hey, Alter, wartest du auf eine Sondereinladung!« keifte sie über den Tisch.

Edwin sah verschreckt hoch und griff nach der Karte.

»Ich möchte bitte Rinderleber nach Art des Hauses und vorher eine kleine Brühe. Als Getränk empfehlen Sie mir bitte einen guten, alten Wein«, orderte er mühselig.

Der Wein schien für Edwin das Wichtigste am ganzen Menü zu sein.

Der Ober nickte unterwürfig und entfernte sich dezent.

Als Edwin die Suppe serviert wurde, hatte er bereits die halbe Flasche ausgetrunken, und sein Magen war in entsprechend verärgertem Zustand.

Die fette Ochsenschwanzsuppe lief ihm ohnehin nur mühselig herunter, als Cleo ihn mit ihren Katzenaugen naiv anstarrte und dann die Frage aller Fragen stellte:

»Edwin, weißt du eigentlich, wieviel Fruchtwasser eine Frau verliert, wenn ihr die Fruchtblase platzt?«

Edwin würgte seinen Brechreiz nieder und sah sie mit einem niederschmetternden Blick an.

Cleo zuckte ratlos die Schultern.

»Deine Suppe hat mich darauf gebracht. So ungefähr muß doch Fruchtwasser auch aussehen. Klar und nährstoffreich, oder?« polterte sie los.

Edwin holte tief Luft und beugte sich zu ihr über den Tisch.

»Kleines, wenn du noch lebend hier aus dem Lokal kommen willst, dann halt jetzt bitte deinen Mund!« drohte er gefährlich leise.

Cleo bemerkte seinen Ekel und seine Wut gar nicht, denn ihr wurde in diesem Moment gerade eine doppelte Portion Hähnchen mit Pommes serviert.

Sie nahm heißhungrig einen Schenkel in die Hand und begann hineinzuschieben, was der Kiefer durchließ.

Die umliegenden Gäste musterten das seltsame Paar abschätzig, und eine ältere Dame munkelte zu ihrer Begleitung:

»Der alte Knacker hat seine Tochter aber auch nur bei Mondschein erzogen. Wie das Gör ißt! Unmöglich!«

Edwin trank nochmals Wein, um diese Tortur ohne Ohnmachtsanfälle zu überstehen.

Cleo schüttete einen großen Schluck Cola hinterher und sah Edwin schmatzend an.

»Weißt du, Edi, irgendwie wirst du mir sympathisch. Ich glaube, unsere Ehe kann ganz lustig werden. Du bist spendabel und trinkfest, was kann sich eine Frau mehr wünschen?« stellte sie gutgelaunt fest.

Sie legte die Hände auf ihren Bauch und schlug die Augen nach oben.

Und dann kam aus ihrem Mund ein Geräusch, das fast das Geschirr von den Tischen fegte.

Die Köpfe der Gäste flogen wie auf Kommando in Richtung Edwin und Begleitung, und dann waren laute, abfällige Bemerkungen die Reaktion auf Cleos Rülpser.

»Wie kann man nur solch einen Pöbel in das Lokal lassen!«

»Neureich und gleichermaßen ungebildet!«

»Man ist vor dem Mob nirgends mehr sicher!« zischte es von den Tischen an Edwins Ohr.

Mein heißgeliebter Witwer schüttete bereits die zweite Flasche Wein in sich hinein und begann nun, aufgrund seines Alkoholpegels, die Welt nicht mehr so knochentrocken zu sehen, wie sie in besseren Kreisen zu sein hat.

Kichernd starrte er sein schwangeres Ungeheuer an und schüttelte fassungslos den Kopf.

»Cleo, du bist fantastisch!« lallte er amüsiert.

Cleo, derb und einfach wie immer, sah ihn geschmeichelt an.

»Tut mir leid, Schatzi, aber die Cola hat so im Magen gedrückt!« wisperte sie verschämt und deutete auf Edwins Teller.

»Alterchen, deine Leber ist gerade gekommen. Also nein, die sieht aus wie ein verschrumpelter Mutterkuchen!« sinierte sie gedankenverloren.

Edwin spürte, wie sein Magen sich wellenartig zusammenzog, und schaffte es mit Müh und Not, die Herrentoilette zu erreichen.

Keuchend stützte er sich auf das Handwaschbecken und kotzte sich die Seele aus dem Leib.

Ich sah ihn mitleidig an. Es war an der Zeit, seine Strafe und das damit verbundene Leiden zu beenden.

Er holte zwischen seinen Würgeanfällen gerade Luft und starrte mit leichenblassem Gesicht in den Spiegel, als er mich sah.

Ich sah genauso aus wie an dem Tag, als ich gestorben war, nur nicht ganz so ramponiert.

In meinem weißen Kostüm und dem überirdischen Lichtschimmer mußte ich ihm im Vergleich zu seiner Cleo wie eine Fata Morgana vorkommen.

Er starrte benebelt in den Spiegel und fing an zu weinen.

»Rita, hol mich. Hol mich zu dir. Ich kann ohne dich nicht leben! All die Scheißaffären und die verdammte Karriere sind eine Strafe für mich, seit du nicht mehr bei mir bist«, lallte er und griff mit der Hand nach meinem Gesicht, das ihn milde aus dem Spiegel anlächelte.

Ich nahm meine Chance wahr und beschloß, dem ersten in meiner Familie zu erscheinen.

Meine Hand griff nach Edwin und siehe da – er spürte ihren Druck.

Irritiert drehte er sich um und sah mich fassungslos an.

»Rita, ich glaube, ich habe ein Delirium. Aber es ist ein schönes Delirium. Ich kann dich sehen, gerade so, als ob du leibhaftig da wärst!« weinte er los, und ich liebte den betrunkenen, heruntergekommenen und verzweifelten Edwin mehr denn je.

Sein Stolz, seine Würde und sein Können hatte er nur ausleben können, solange ich bei ihm gewesen war und ihm die Kraft dazu gegeben hatte.

Keine seiner Flammen hatte sich so weit in sein Inneres vorwagen können.

Ich fiel ihm um den Hals und drückte ihn fest an mich, denn er schwankte gefährlich.

Sein Gesicht vergrub sich an meinem Hals, und er holte tief Luft.

»Rita, du riechst so himmlisch. Wie früher! Bitte, nimm mich mit!« weinte er wieder und drückte mich mit einer Liebe, die mich selbst weinen ließ.

»Edwin, ich habe alles miterlebt. Von Anfang an. Diese Cleo und ihr Liebhaber haben mich getötet, und nun will sie dir ein fremdes Kind unterschieben und geheiratet werden. Und dann würde sie dich ins Grab bringen!« hauchte ich in Edwins Ohr.

Edwin sackte in meinen Armen zusammen. »Oh, mein Gott!« hauchte er und fiel leblos zu Boden.

Ich wartete noch einen Moment, bis seine Seele begriffen hatte, und als sie mir entgegenschwebte und bereit war, den Körper zu verlassen, hoben wir uns fort aus dieser ekligen und unwürdigen Bedürfnisanstalt, die im irdischen Dasein ein notwendiges Übel darstellte.

Die Höhere Macht hielt Edwin im Gegensatz zu mir eine saftige Standpauke über seine Sündenlitanei und sah von einem Fegefeueraufenthalt nur deshalb ab, weil ich Edwin bereits zu Lebzeiten die Hölle auf Erden bereitet hatte.

Ich hüllte Edwin in ein Licht der Liebe ein, und die Lichtwesen, die auch mich schon bei meinem Ableben begrüßt hatten, schwebten nun auch freundlich um Edwin herum.

Er sah mich fragend an, und ich spürte, daß wir erst jetzt richtig glücklich werden konnten.

Unsere Gedanken flogen einander zu, und die Harmonie zwischen uns ersetzte jedes irdische Liebesglück.

»Rita, du hast alles gewußt!« sagte Edwin, und ich schimmerte zur Bekräftigung besonders hell.

»Ich habe nur eine Frau geliebt, und das bist du«, sagte er und ließ seine Energie mit der meinigen zusammenfließen.

»Edwin, ich habe dich auch sehr lieb!« sagte ich und war froh, daß diese Cleo ihn nicht mehr quälen konnte.

Nach einem kurzen Einführungskurs ins Jenseits und den damit verbundenen Sitten und Gebräuchen verließ ich Edwin, um auf Erden meine restlichen Aufgaben zu erledigen.

Ich war mir sicher, daß Edwin im Jenseits keine Langeweile verspüren würde, denn zielstrebig schwebte er auf eine Gruppe weiblicher Engel zu...

# 26

Nachdem Cleo über eine halbe Stunde am Tisch umsonst auf Edwin gewartet hatte, schickte sie beunruhigt den Ober in die Herrentoilette, um nach Edwin sehen zu lassen.

Der Ober stürzte leichenblaß und mit einem Aufschrei wieder heraus.

Edwin lag mit starren Augen auf dem Toilettenboden und lächelte ein friedvolles Lächeln, wie es nur Tote im Gesicht haben können.

Ich schwebte direkt auf Cleos Tisch, denn ich wollte ihr Gesicht sehen, wenn sie erfuhr, daß ihr zukünftiges Bankkonto gerade mit Herzversagen auf dem Klo verschieden war.

Fluchtartig verließen die übrigen Gäste das Lokal, und innerhalb kürzester Zeit war der Notarzt da, um nur noch den Tod von Edwin feststellen zu können.

Der Geschäftsführer beugte sich betroffen zu Cleo.

»Fräulein, kann man Ihnen irgendwie helfen?« fragte er bemüht höflich.

Cleo sah ihn mit blitzenden grünen Augen an, und die Wuttränen rannen ihr die Wangen herab.

»Du verdammter Arschkriecher, verzieh dich mit deinen Höflichkeitsfloskeln, oder ich springe dir an die Gurgel!« zischte sie, und ich grinste schadenfroh.

Der Geschäftsführer schluckte seine Antwort herunter und tätschelte Cleo die Schulter.

»Mein Gott, Fräulein, in Ihrem Zustand so den Tod des Herrn Papas erleben zu müssen. Ich werde Ihnen ein Taxi rufen«, versuchte er, den weiblichen Satan zu beruhigen.

In diesem Moment trugen die Sanitäter Edwins Leiche an Cleo vorbei, und sie nahm das Weinglas und warf es nach der verhüllten Bahre.

»Du verdammter, alter Sack! Ich hasse dich!« brüllte sie und brach heulend über dem Tisch zusammen.

Der Notarzt schüttelte nur den Kopf und warf dem Personal einen vielsagenden Blick zu.

Ich dachte mich in Windeseile nach Hause zu meinen Kindern und übermittelte ihnen über den Laptop vorsichtig die Nachricht, daß nun auch ihr Vater nicht mehr unter den Lebenden sei.

Sie nahmen die Nachricht gefaßt auf, denn zwischendurch hatten sie immer wieder die Befürchtung gehegt, Edwin könnte auf seine alten Tage doch noch durchdrehen und Cleo heiraten.

Deshalb reagierten sie alle miteinander beinahe erleichtert, als ich die Schreckensmeldung in die Tasten tippte.

Das Haus war inzwischen umgebaut und renoviert worden, und meine Kinder lebten einträchtig mit ihren Partnern unter einem Dach.

Die beiden jungen Frauen bereiteten sich emsig aufs Kinderkriegen vor, während die beiden Jungs in vorbildlicher Weise die Führung der Kanzlei übernommen hatten.

Herta blühte auf wie eine holländische Tulpe, denn sie wurde nun mehr denn je gebraucht.

Eine zweite Beerdigung innerhalb kürzester Zeit, zwei bevorstehende Geburten und die darauf folgenden Hochzeiten nahmen ihr ganzes Können in Anspruch und hätten jedem Großkonzernmanager Ehre gemacht.

Erna gehörte als zukünftiges Kindermädchen nun auch wieder zum Haushalt und deckte, selbst kinderlos, Julia und Anja mit ihrem Erfahrungsreichtum in bezug auf Geburten und Säuglingspflege ein.

Zufrieden betrachtete ich mein Heim.

Abends, wenn die Lichter in den Fenstern brannten, hörte man aus der Küche emsiges Töpfeklappern und das Gegacker von Herta und Erna, die ihren Abendplausch abhielten.

Die jungen Leute lachten und sprachen viel miteinander, und der Rauch des Kaminfeuers kräuselte sich fröhlich zum Kamin heraus.

Alexander und Thomas hatten ihren toten Vater aus der Schweiz geholt und dafür gesorgt, daß Cleo innerhalb von vierundzwanzig Stunden von unserem Domizil in ein Hotelzimmer wechselte.

Dort hängte sie sich ans Telefon und drohte Jimmy so lange mit Verrat bei der Polizei, bis der sich entnervt ins Auto setzte, um sie abzuholen und nach Hause zu bringen.

Leider kam er niemals in Basel an.

Sein Wagen kam in einer abschüssigen Strecke dummerweise ins Schleudern und prallte, welch Zufall, gegen einen Baum.

Mein Mörder wurde direkt von seinem Autowrack aus in die tiefste Hölle abkommandiert, und die Reste seiner Leiche konnten nur anhand der Wagenpapiere identifiziert werden.

Nach einer Woche fruchtlosen Wartens begann Cleo, sämtliche Behörden nach Jimmy und seinem Verbleib zu fragen, und erfuhr von der Kantonspolizei die erschütternde Wahrheit über das Ableben ihres Lovers.

Cleo mußte mit der Bahn in unsere Stadt zurückfahren, wo sie ein paar Wochen später stillschweigend ihr Kind zur Welt brachte und es in der Klinik zurückließ.

Cleo selbst verschwand, und trotz intensiver Suche konnte sie nicht mehr gefunden werden.

Anscheinend hatte sie alle Zelte hinter sich abgebrochen und war untergetaucht.

Das kleine Mädchen, das sie zurückgelassen hatte, wurde von meiner Tochter Julia in unser Haus geholt und war bald der Liebling aller.

Julia erhielt etliche Zeit später einen Brief aus Südamerika, der Cleos Handschrift trug.

In ihrem Schreiben schilderte Cleo die ganze Wahrheit über sich und die Herkunft des Kindes und bat Julia, für das Baby geeignete Adoptiveltern ausfindig zu machen, da sie doch über entsprechende gesellschaftliche Kontakte verfüge. Sie wolle nicht, daß ihre Tochter so ende wie sie selbst, und das Kind solle nicht in Armut leben. Anscheinend hatte Cleo doch noch einen Funken mütterliche Gefühle entwikkelt, während sie in den Wehen gelegen hatte.

Erna, die die Kleine den ganzen Tag herumschleppte, sah kampfeslustig meine Tochter an.

»Julia, wenn Sie die Kleine nicht behalten, dann tu ich es!« keifte sie wie eine aufgebrachte Glucke los.

»Das Wurm kann nichts für seine mißratenen Eltern!«

Julia und Anja lachten, und meine Tochter nahm das Baby in den Arm.

»Nun ende ich noch viel schlimmer als meine Mutter. Ich adoptiere sogar noch Kinder zu meinen eigenen dazu«, schmunzelte sie und strich dem Baby liebevoll über den schwarzen Haarflaum.

Julia und Alexander heirateten beide still und in bescheidenem Rahmen, mit Rücksicht auf das einzuhaltende Trauerjahr, das sie ihren verblichenen Eltern schuldig zu sein glaubten.

# 27

Der Winter kam und dann ein neues Frühjahr und mit ihm neues Leben.

Meine Enkelkinder wurden geboren. Julia bekam ein strammes Mädchen, Anja einen hübschen Bengel.

Alles im Haus ging seinen gewohnten und friedvollen Gang, und ich bemerkte allmählich, daß ich mit meinen Laptop-Nachrichten und meinen Geistertricks überflüssig wurde.

Manchmal hatte ich das Gefühl, meinen Kindern sei meine Anwesenheit allmählich unangenehm, da ich ja unsichtbar überall und jederzeit verweilen konnte.

Es war Zeit, für die Dauer ihres Menschenlebens Abschied zu nehmen, bis auch sie zu mir ins Lichtreich reisen würden.

Eines Abends, kurz vor der Osterzeit, traf es sich besonders gut, da die ganze Familie im Salon versammelt war.

Ich hatte ja nur noch zweimal die Möglichkeit, jemandem zu erscheinen.

Julia und Anja spielten mit den drei Babys, während Thomas und Alexander über einen Rechtsfall diskutierten.

Mein Abgang sollte schon etwas Beeindruckendes an sich haben, und so sorgte ich dafür, daß die elektrische Beleuchtung erlosch.

Anja schlug die Augen zur Decke.

»Das ist bestimmt wieder Mutter!« bemerkte sie so trokken, als wenn der Briefträger geklingelt hätte.

Die anderen nickten zustimmend und ohne ihrer Bemerkung weitere Bedeutung zu schenken.

»Wird wahrscheinlich gleich der Laptop auftauchen und uns eine Nachricht verklickern!« kommentierte Anja weiter.

In diesem Moment begann ich so zu leuchten, daß mich alle sehen konnten.

Anja war die erste, die mein glimmerndes Licht erblickte, und dann meine Tochter Julia.

Alle starrten mich an, und sogar die Babys schauten in meine Richtung.

Lächelnd ging ich zu meinen drei Enkelkindern und nahm sie der Reihe nach in den Arm.

»Wie sehr hätte ich euch groß werden sehen wollen!« hauchte ich glückselig und herzte die kleinen, zarten Gesichter.

»Mama, du bist ja sichtbar!« weinte meine Tochter und griff nach mir.

Liebevoll sah ich mein Mädchen an.

»Mein liebes Kind, dir ist der Himmel schon sicher, indem du dem armen Wurm dieser unglückseligen Frau ein Zuhause gibst. Mein Leben war so voller Sinn, denn ich habe zwei wunderbare Kinder erzogen. Ich werde dich immer lieben!« sagte ich voller Zärtlichkeit und drückte sie ein letztes Mal.

Alexander trat auf mich zu, und ich sah ihn voller Freude an.

»Sohn, du bist ein wundervoller Familienvater geworden! Ich werde immer in Gedanken bei euch sein!« wandte ich mich dankbar an ihn und lächelte ihn an.

Dann sah ich zu meinen Schwiegerkindern und öffnete die Arme.

»Mit euch beiden habe ich noch einen Sohn und eine Tochter dazubekommen! Ich kann nun in Frieden zu Edwin gehen und euch in Ruhe lassen.

Alles Unheil ist von euch abgewendet worden, und meine Mörder haben ihre verdiente Strafe bekommen.

Ihr braucht jetzt keine Angst mehr zu haben, daß ich in irgendeiner Ecke lausche oder wieder einmal Gespensterschabernack treibe! Meine Zeit hier ist nun abgelaufen«, tröstete ich sie alle.

Ich legte meinen Enkelsohn in seine Babywippe zurück und stand nun aufrecht und schimmernd vor der staunenden Gruppe.

Julia fing an zu weinen.

»Mama, verlaß uns doch nicht!« rief sie traurig.

Meine Lichtgestalt wurde immer schwächer, doch mein Abschiedswort hallte laut und deutlich durch den Raum.

»Wir sehen uns wieder! Vergönnt mir die Ruhe in der anderen Welt. Vater und ich werden da sein und auf euch warten, wenn eure Zeit gekommen sein wird zu gehen.«

Dann wurde es dunkel im Raum, und das Kaminfeuer verlöschte.

Thomas tastete sich suchend zum Lichtschalter und drehte die Lampen an.

An diesem Abend war es in meinem Haus ein bißchen stiller und trauriger als sonst, denn mein Anblick hatte die Sehnsucht und die Trauer wieder geweckt.

Herta saß mit Erna in der Küche und schälte Äpfel, um einen Kuchen zu backen.

»Weißt du, Erna, die gnädige Frau hat nur noch ein paar Tage Zeit, dann muß sie endgültig ins Jenseits«, brummelte meine Goldperle.

Erna sah sie mit ihren Hühneraugen spöttisch lächelnd an und schabte weiter Karotten, um den Babys vitaminreiche Nahrung kredenzen zu können.

Sie hielt überhaupt nichts von Fertigkost und schabte sich für die Babys die Finger wund, um sie vorbildlich zu ernähren.

Es mußte sie vermutlich entsetzlich wurmen, daß sie die drei kleinen Bälger nicht auch selbst stillen konnte.

Denn ich war überzeugt, sie hätte ihre Muttermilch für unübertroffen gehalten.

Erna schabte also wie ein Küchenroboter ihre Karotten und sprach laut aus, was sie dachte:

»Herta, ich kenne dich nun schon ein halbes Leben. Aber schön langsam kannst du mit deinen Spinnereien aufhören.

Du landest noch einmal in der Gummizelle, wenn du immer so laut deine Wahnvorstellungen hinausposaunst! Du warst doch früher nicht so übergeschnappt!

Frau Kaminski ist tot, weg vom Fenster, beerdigt und nicht mehr da! Kapierst du das?« sagte sie eindringlich.

Herta grinste nur.

»Ja, ja, Erna, du denkst, ich ticke nicht ganz richtig. Frau Kaminski, holen Sie doch mal Ihren Laptop raus, damit Ernas Gekeife ein Ende findet!« rief Herta laut durchs ganze Haus.

Ich hatte mit Erna Besseres vor.

Langsam und knarrend ließ ich die Küchentüre aufgehen, und Erna sah neugierig dorthin.

»Anklopfen ist in diesem Tempel wohl überflüssig!« schimpfte sie und guckte neugierig, wer in die Küche wollte.

Ich kam hereinspaziert. Schimmernd, lächelnd und gut sichtbar auch für den letzten Zweifler.

»Heeerta!« pfiff Erna in spitzem Ton.

»Heerta, Sie haben einen Geist wachgeredet! Da, an der Tür, steht sie! Wie sie leibt und lebt!« flüsterte Erna.

Herta sah gar nicht hin, denn daß ich als Geist unterwegs war, war für sie so alltäglich wie das Kochen des Mittagessens.

»Hab's doch gleich gesagt, Erna. Du glaubst einem aber auch gar nichts!«

Erna rammte ihr den Ellbogen in die Seite.

»Herta, ich kann Frau Kaminski sehen!« murmelte sie verständnislos.

Herta sah sie über den Rand ihrer Brille amüsiert an.

»Ja, ja, Ernalein, nun willst du wohl schäkern! Jenseitige kann man nicht sehen! Höchstens ihren Laptop!«

Erna wurde kreideweiß und zeigte mit dem Finger zitternd zur Türe.

Herta sah sich anstandshalber um und kippte fast vom Küchenstuhl.

»Gnädige Frau, seit wann sind Sie sichtbar?« murmelte sie fassungslos und starrte mich an.

Ich lächelte amüsiert.

»Herta, ich darf mich zeigen, wenn es soweit ist, mich für immer zu verabschieden. Es ist jetzt soweit«, antwortete ich leise.

Herta flennte los wie ein Bernhardiner, den man im Tierheim abgegeben hatte.

»Frau Doktor, Sie sehen aus wie an jenem Morgen, als Sie verstarben!« heulte sie und schüttelte sich vor Trauer.

Erna bibberte wie eine Geisel beim Banküberfall und starrte mich stumm an.

»Dann ist ja mein geliebter Hans Theodor im Jenseits und wartet auf mich!« jubelte sie plötzlich hysterisch los.

»Dann war ich ihm ja die ganzen Jahre nicht umsonst treu!«

Ich nickte begütigend.

»Wir werden uns wiedersehen!« sagte ich freundlich.

Herta schneuzte sich laut und ausgiebig wie Bauer Karl und strahlte mich mit ihren verweinten Augen an.

»Gnädige Frau, ich habe was zum Abschied für Sie. Alex und Anja haben mir verraten, daß Sie auch jetzt noch rauchen können. Ich hasse ja persönlich die Stinker, aber für Sie habe ich in eine Schachtel Ihrer Lieblingsmarke investiert!«

Sie wühlte emsig in ihren Küchenschubladen und zog meine Lieblingsmarke Zigaretten hervor.

Erna zündete ein Streichholz an, und ich griff dankbar zu.

Eine letzte Zigarette vor der Ewigkeit, welch herrlich irdisches Vergnügen!

»Herta, wir werden uns wiedersehen. Aber für den Rest eures Lebens seid ihr erstmal sicher vor mir! Meine Zeit ist vorbei!« sagte ich beruhigend zu der immer noch schlotternden Erna.

Ich inhalierte tief den Rauch und spürte plötzlich einen starken Sog, fast wie ein Magnet.

Die Zigarette fiel mir aus der Hand und auf den Küchenboden.

Herta und Erna starrten sich verwundert an.

»Sie ist verschwunden!« murmelte Erna und hob die qualmende Zigarette vom Boden auf, um sie auszudrücken.

Herta nahm ihr den Glimmstengel aus der Hand und legte ihn in eine Schachtel, die sie in einem Küchenschrank gut versteckte.

»Das bleibt unsere Erinnerung an sie!« sagte sie in feierlichem Ton.

Erna drückte sich an Hertas mächtige Gestalt und sah sie bettelnd an.

»Sei nicht mehr böse, Herta, aber momentan dachte ich, du wärst etwas wunderlich.«

Herta lachte und tätschelte ihre magere Wange.

»Ernalein, wir sind jetzt alle beide wunderlich. Du siehst ja auch Gespenster, oder nicht?«

Die beiden kicherten noch lange bis tief in die Nacht hinein in ihrer Küche und erzählten sich alte Geschichten von früher.

# 28

Der magnetische Sog zog mich sanft in mein Lichtreich zurück, und von weitem sah ich bereits meine Mutter strahlend auf mich warten.

Sehnsüchtig sah ich noch einmal zu dem großen blauen Planeten zurück, der sich majestätisch mit seinen weißen Wolkenfeldern im Weltraum langsam drehte.

Die Erde war also für meine Seele nichts anderes gewesen als ein Zwischenaufenthalt. Meine Mutter schwebte nun neben mir und umspielte mich mit ihrem warmen Licht.

»Keiner nimmt gerne Abschied von der Erde!« sagte sie tröstend und sah mich liebevoll an.

Ich musterte sie mit tränenerfüllten Augen.

»Das Leben dort unten ist nichts anderes als eine Reise. Du solltest es nicht zu wichtig nehmen. Komm, ich zeig dir etwas, was dich sehr aufheitern wird!«

Meine Mutter schwebte mir langsam voraus, und ich sah bereits von weitem eine helle Lichterwiese.

Lautes Kinderlachen drang zu mir, und viele kleine Lichtwesen tanzten fröhlich um mich herum.

»Das sind die Kinder«, sagte meine Mutter leise.

»Das Höhere Wesen hat sie besonders gern, und wenn sie hier ankommen, wartet auf sie besonders viel Freude.«

Ich sah, wie die kindlichen Wesen fröhlich miteinander spielten oder lachend beieinander saßen.

Jetzt wußte ich, womit ich meine viele Zeit im Jenseits sinnvoll verbringen konnte.

Der himmlische Kindergarten war wie geschaffen für mich, um mich von den Gedanken an meine Familie abzulenken.

Wieviel Zeit würde ich haben, um den kleinen Seelen schöne Märchen erzählen zu können oder mit ihnen die Sterne zu beobachten?

Ich konnte ihnen in Ruhe von hier oben all die Schönheiten der Erde zeigen, die ich kennengelernt hatte, und ihnen den Lauf der Welt erklären. Solange, bis meine Kinder und Enkelkinder ankommen würden und nichts mehr mich von ihnen trennen konnte.

Ich sah mich unruhig um.

»Mama, ich werde mal nach Edwin schauen. Wir hatten ja kaum Zeit, miteinander zu reden!« wandte ich wieder etwas fröhlicher ein und warf einem Engelkind einen leuchtenden Lichtball zu, der vor meine Füße gerollt war.

Meine Mutter zeigte auf eine Gruppe erwachsener Lichtwesen und zog sich dann dezent zurück. Ich schwebte neugierig auf die kleine Gruppe zu und hörte schon von weitem die Stimme meines Ehemannes.

Etliche weibliche Engel hatten sich mittlerweile um den alten Charmeur versammelt und lauschten fasziniert seinen Worten.

»Tja, meine Damen, oder sollte ich besser sagen, liebe Engelinnen? Also zu Lebzeiten war ich ja wirklich sehr sportlich. Ich habe immer sehr auf meinen Körper geachtet. Reiten, Segeln, Polo und ein bißchen Squash haben noch niemandem geschadet!« posaunte er eitel los.

Ich schüttelte den Kopf.

Wenn der alte Schwerenöter nicht doch noch einen Rauswurf aus der Himmelsetage riskieren wollte, mußte er sein Mundwerk empfindlich zähmen lernen.

Mein guter, alter Edwin und ich hatten die Ewigkeit vor uns, um unsere ramponierte Ehe wieder auf die Reihe zu kriegen.

Beruhigt sah ich die weiblichen Engel an, die kichernd um uns schwebten. Gott sei Dank waren sie alle aus harmloser Lichtmaterie, und keine Engelin machte den Versuch, mir meinen Holden auszuspannen. Alles lief hier oben auf geistiger Ebene ab, und das war für meinen fleischliebenden Edwin die beste Grundlage, um sich endlich aufs Wesentliche zu konzentrieren – nämlich auf mich.

Voll tiefer Herzensliebe strahlte er mich an und hob mahnend den Zeigefinger.

»Ritalein, du hast auf Erden wieder gepafft!« schimpfte er vorwurfsvoll.

»Man riecht den Tabakgestank sogar noch hier oben!« Er rümpfte angewidert die Nase.

Der gute Mann hatte sich noch immer nicht geändert. Er bemerkte meine kleinsten Unzulänglichkeiten und sah dabei wieder einmal großzügig über seine schrägen Macken hinweg.

Ich schloß die Augen und begann zu lächeln. »Edwin, mein Liebster, an dir haftet dafür um so mehr ein gewisser Moschusgestank«, stichelte ich meinerseits vollkommen unengelhaft.

Mein juristisch gebildeter Engel legte liebevoll beide Arme um mich und drückte mich.

»Ich denke, liebe Frau, wir werden viel nachzuholen haben. Bis unsere Kinder nachkommen, könnten wir uns doch über alte Zeiten unterhalten und all die Gespräche nachholen, die wir früher versäumt haben«, schlug er dann doch ernsthaft vor.

Ich nickte still.

Fest drückte er meine Hand und schimmerte mich hell an. Und vermutlich schimmern wir bis zum Ende der Zeit, schweben durch die Galaxien der Unendlichkeit und führen ein gottgefälliges Dasein – ich ohne meine Zigaretten und Edwin ohne seine Frauengeschichten.

ENDE

Statt Nachwort

# Reicher als Onassis

Sie sind nicht Mitglied im Club der Millionäre?

Bestimmt träumen auch Sie dann davon, daß vor Ihrer Haustür nicht Ihr Fahrrad wartet, sondern ein diskreter Chauffeur den Wagenschlag aufreißt, um Sie mit Ihrer Luxuslimousine zum Lunch zu fahren.

Und wenn Sie an Reichtum denken, wünschen Sie sich ein elegantes Haus in elitärer Umgebung – inklusive Tennisanlage und Swimmingpool.

Ihr schlapper Geldbeutel wäre rundum überflüssig – Sie zahlen mit Ihrem guten Namen und Ihrem bekannten Gesicht. Die restlichen Verbindlichkeiten tätigt emsig Ihr Privatsekretär, der im übrigen auch dafür sorgt, daß bestimmte Alltagsnervereien wie Strom- und Telefonrechnungen, Honorare für Ärzte, Gebühren für Behörden akkurat vom Tisch kommen.

Angewidert würden Sie Ihren Kleiderschrank samt Inhalt zum Sperrmüll geben, und ein Textilartist – sprich: Schneider – würde Ihnen die Mode der Saison maßanfertigen.

Der geplante Urlaub am überfüllten Strand von Rimini wäre natürlich kein Thema mehr – dorthin reist nur noch Ihr überarbeiteter Butler.

Sie fliegen mit Ihrer Privatmaschine nach Spanien, wo gierige Reporter darauf warten, ob Prinz Alfonso von Hohenlohe Sie am Airport abholt. Manchmal jetten Sie auch nach Monaco, um in der Spielbank Ihr lästiges Kleingeld loszuwerden. Fürst Rainier erwartet Sie zum Cocktail, um Ihnen wertvolle Tips zu verabreichen hinsichtlich der Anlage Ihres Kapitals.

Solche Tagträume hegen im trüben und beschwerlichen Alltag sicherlich viele von uns.

Die berühmte Sechs im Lotto ist letzter Rettungsanker, wenn die Mahnungen aus dem Briefkasten quellen und das Auto gerade dann kaputtgeht, wenn unser Konto rettungslos in den roten Zahlen versinkt.

Ich habe es trotzdem geschafft, mich reich zu schätzen, obwohl keines der aufgezählten Kriterien auf mich zutrifft.

Auch Sie können es schaffen, sich wohlhabender als Onassis zu fühlen, wenn Sie Reichtum nicht unbedingt von satten Finanzen abhängig machen.

Mein Bankkonto ist zum Beispiel der Anlaß für eine Trauerfeier. Ich danke Gott für die Erfindung des Geldautomaten. Er erspart mir den beschämenden Gang zum Bankschalter, wo man mir süffisant lächelnd meine monatliche Pleitestatistik überreichen würde.

Einer meiner größten Feinde ist zum Beispiel mein Auto. Weil ich es aus Geldmangel nicht in eine Garage stelle und so hege und pflege, wie es das gerne hätte, hat es sich vor Wut Rostlöcher zugelegt.

Bei Schnee und Regen springt es erst an, wenn ich ihm die Verschrottung androhe, und am besten fährt man mit dem Wagen immer nur geradeaus, weil die Blinker streiken.

Ein anderes Kostenthema habe ich elegant gelöst.

Das Wort »Mode« kommt in unserem Haushalt kaum vor. Die jährlichen Modetrends finde ich aus Überzeugung albern. Ich trage meine zeitlosen Jeans, und eine Lederjacke ist eine Investition, die bei pfleglicher Behandlung ein Menschenleben überdauern kann.

Zur Urlaubszeit finden Sie mich auf meinem üppig blühenden Balkon oder an einem der Seen der Umgebung, die meine Familie und ich mit dem Fahrrad ansteuern.

Wenn ich dort am Ufer unter einem Baum liege und vor mich hinträume, dann weiß ich, daß Onassis im Vergleich zu mir ein armer Schlucker gewesen sein muß.

Sie werden sicherlich denken, daß hier ein Irrer seine Gedanken losläßt, aber um meine Philosophie zu verstehen, müssen Sie nur Ihre Wertmaßstäbe unabhängig vom Geld machen.

Als junges Mädchen verdiente ich mir mein Taschengeld als Babysitter.

Ich empfand es als unvermeidlich, Kinder zu bekommen, wenn die Zeit dafür reif sein sollte. Damals konnte ich die lieben Kleinchen jedoch nur gegen beste Bezahlung und stundenweise befristet ertragen.

Ich erlernte also nach meiner Gymnasialzeit einen soliden Beruf und freute mich an Dingen wie einem gesunden Bankkonto, Rundreisen durch Europa und Luxus jeglicher Art.

Es kam, wie es kommen mußte. Mitten in mein herrliches Junggesellinnendasein brach die Liebe mit all ihren guten und bösen Folgen über mich herein.

Der Mann meines Lebens – für das hielt ich ihn jedenfalls – war der festen Überzeugung, seine und meine Gene zusammengenommen ergäben ein zauberhaftes Kind. Wir diskutierten hin und her, und zum Schluß probierten wir es aus. So wurde ich Mutter eines kleinen, schwarzhaarigen Knaben, der unsere Ersparnisse im Handumdrehen halbierte. Wir investierten in Plüschtiere jeder Farbe, Form und Größe, Kinderwagen mit gehobener Straßenlage, in die saugfähigsten Windeln, die der Markt zu bieten hatte, und nicht zuletzt in Designerklamotten aus dem Babyshop.

Kaum hatten wir uns von den schlaflosen Nächten erholt, meinte mein Mann, ein Kind sei kein Kind.

Also kombinierten wir wieder unsere Gene, und das Resultat war ein kleines Mädchen.

Diesmal stellten wir Euroschecks für rosa Strampelhosen aus, und es ist gemein, daß es so viele wunderschöne Puppen zu kaufen gibt, die ein kleines Mädchen unbedingt haben sollte, um glücklich aufzuwachsen.

Nach dem dritten Kind hatten mein Mann und ich bereits einen Kredit aufgenommen, und zwei Umzüge fraßen sich beharrlich durch unsere Ersparnisse.

Der Mann meines Lebens sah seinen Traum vom Familienleben schnöde geplatzt.

Nächtelange Schreitiraden, Kinderkrankheiten, bemalte Wände und Wurfgeschosse aus Spinat trieben ihn in die Flucht.

Die Organisation eines disziplinierten Alltagslebens machte ihn immer ärgerlicher. Nach etlichen Ehestreits verschwand er wieder dahin, woher er gekommen war, nämlich in seine sizilianische Heimat.

Da stand ich nun. Meine Erfolgsbilanz wies drei kleine Kinder auf, die mit mir in einer noch kleineren Wohnung mit einem noch viel kleineren Geldbetrag ums Überleben kämpften.

Sieben Jahre ruderte ich von einem Ersten des Monats zum anderen und wunderte mich selbst, wie ich es schaffte, die Familie über Wasser zu halten.

Das Schicksal hatte nach dieser Durststrecke jedoch Besseres mit uns vor, und so begegnete ich erneut einem Mann meines Lebens – und zwar diesmal dem richtigen.

Es handelte sich um die Spezies Mann, die durch Sanftmut, Geduld und Zähigkeit meine seelische Festung erstürmte.

Erst als die gesamte Zimmerdecke meiner Söhne mit Modellflugzeugen übersät war und meine Tochter bewundernd feststellte, daß Männer doch die besseren Fahrradmonteure sind, gab ich nach, und wir sahen uns das Standesamt von innen an.

Mein Ehegespenst starrte bereits kurz nach den Flitterwochen verträumt in sämtliche Kinderwagen und sah sich statt Fußball sehnsüchtig die Babyfotos meiner drei großen Kinder an.

Ich ahnte, was mir blühte, und verpaßte meinem Gatten bei jeder Mahlzeit Aufklärungsunterricht in Sachen Nachwuchs: Schlaflose Nächte, muffige Windelkübel, Windpokken und Keuchhusten, ganz zu schweigen von Kinderzimmern, die nur noch die Müllabfuhr entsorgen konnte.

Mein Mann lächelte milde bei all diesen Argumenten und kaufte vom nächsten überflüssigen Geld eine Wiege, die er erwartungsfroh neben unserem Bett plazierte.

Also raffte ich mich auf, und wieder wurden die Gene gemischt. Die Mixtur ergab ein kleines Mädchen, das hauptsächlich tagsüber schlief und nachts in unserem Ehebett mit Argusaugen darüber wachte, daß wir einander nicht zu nahe kamen.

Meine größeren Kinder träumten von den alten Zeiten, als wir spontane Fahrradtouren machten und am Wochenende so lange schliefen, bis uns der Hunger weckte.

Mein Mann erkannte bald den Grund für unser anstrengendes Kind. Es sei eben der klassische Nachzügler, ein verhätscheltes Nesthäkchen.

Also verpaßten wir unserer bis dahin Jüngsten zu Therapiezwecken noch eine kleine Schwester.

Die Ärzte meiner Stammklinik zerflossen bei meiner fünften Entbindung vor Mitleid und setzten entschlossen das Skalpell an, um weitere Mutterfreuden zu verhindern.

Da lag ich also reich gesegnet in meinem Wochenbett, vor mich hin grübelnd, das Neugeborene an meiner Brust, und ich versuchte mir einzureden, daß meine große Kinderschar das Normalste von der Welt sei.

Eines Nachmittags ging die Tür zu meinem Zimmer auf, und die Lernschwester sah mich entgeistert an.

»Alle sind da! Ich meine, Ihre ganze Familie steht draußen!«

Ich lächelte gequält.

Die Schwester erholte sich zusehends von ihrem Schreck und strahlte mich an.

»Mensch, toll, soooo viele Kinder. Wie ich Sie beneide. Jungs und Mädchen, und jedes Alter ist dabei. Da muß bei Ihnen zu Hause ja die volle Action abfahren!«

Ich nickte immer noch zweifelnd. Es klopfte. Mein dreizehnjähriger Sohn steckte seinen Kopf zur Tür herein.

»Hi, Mami, was macht die condition? Hast ja nettes Kid gekriegt!«

Ich winkte lässig ab und verkniff mir ein Lachen.

»Mami, mir fehlt so dein Keifen, wenn ich meine Bude wieder mal cleanen soll. Und wann machst du wieder Spaghetti?«

Ich war gerührt über soviel Sehnsucht.

Er stürmte auf mich zu und gab mir einen Kuß, der die morgendliche Gesichtswäsche überflüssig machte.

Meine zwölfjährige Tochter erklärte mir, ihre einjährige Schwester sei der letzte Nervtöter.

Die Kleine hatte der Großen den Hamsterkäfig ausgeräumt und dem armen Nager zur ersehnten Freiheit verholfen, indem sie ihn in den Windelkübel gestopft hatte.

Nebenbei wurde ich darauf aufmerksam gemacht, daß Jeans mit Flicken unerläßlich für ein cooles Teenager-Image seien, und dann gab auch sie mir einen herzhaften Kuß.

Mein zweiter Sohn, der zehnjährige Sandro, starrte fassungslos das Baby an und unterstellte dem Klinikpersonal eine üble Verwechslung. Dabei drückte er mitleidsvoll meine Hand und fand sich dann doch damit ab, daß das krebsrote, verkniffene Gesicht ab sofort seiner Sippe angehörte.

Die einjährige Christina brüllte wie am Spieß beim Anblick der Konkurrenz und gab erst Ruhe, nachdem sie meine sämtlichen Klatschspalten zu handlichen Papierfetzen zerlegt hatte und dreimal auf den roten Knopf gedrückt hatte, der die Schwester alamiert.

Mein Mann strahlte mich selig an und beruhigte mich über den Tagesablauf in unserem Großhaushalt, indem er mir alles genauestens mitteilte.

Schmutzwäsche war erledigt – er hatte alles im Ruck-Zuck-Verfahren bei 30°C gewaschen. Schelmisch wies er mich darauf hin, daß die Unterwäsche der gesamten Familie ab sofort einen raffinierten Rosaton hätte.

Warum ich eigentlich immer bügele, wollte er wissen.

Die Kinder hätten *die Idee* gehabt! Beim Fernsehen schnappte sich jedes der Kinder einen Wäschestapel und ließ sich beharrlich darauf nieder.

Spätestens nach Ende jeder Comic-Serie war auch die letzte Falte aus den Pullis verschwunden.

Ich war bei diesen Neuigkeiten froh, sicher im Bett zu liegen. Nach der Tagespost wagte ich erst gar nicht zu fragen.

Mein Mann strahlte.

»Ich habe alle Rechnungen bezahlt, Schätzchen!«

»Womit denn?« fragte ich entgeistert.

Er lächelte selbstgefällig.

»Der Bankdirektor mag mich eben. Ging ruckzuck mit dem Kredit.«

Ich wurde blaß und blasser, aber mein Gatte kam jetzt erst so richtig in Fahrt.

»Schatzilein!« sagte er zuckersüß, »erhol Dich gut in der Klinik. Nächsten Monat ziehen wir um!«

»Wohin?« hauchte ich.

»In eine Riesenwohnung, Mami. Mit zwei Klos!« tröstete mich mein Sohn Sandro.

»Ah ja!« schluckte ich.

»Schatz, es sollte ja eine Überraschung werden, aber ich muß es Dir einfach schon jetzt sagen, die Sache mit dem Kleinbus.«

Ich stand senkrecht im Wochenbett.

»Welcher Kleinbus?« japste ich.

»Hab ich günstig gekriegt, so über fünf Ecken von einem Kollegen!«

Mir war nach Sauerstoffmaske und Kreislaufspritze zumute.

»Schatz, wenn ich Dich von der Klinik abholen werde, paßt alles ins Auto. Du, das Baby, der Kinderwagen, die Koffer und alle Kinder. Wenn Du willst, auch der Hund.«

Ich sank in die Kissen zurück und atmete tief durch. Für die nächsten zwei Jahre war unser Schuldenberg erst einmal gesichert.

Durch meine Gedanken sickerte das Plappern meiner Kinder, das begeisterte Erzählen meines Mannes und das Brabbeln meiner Kleinen. Da saßen sie nun alle um mein Bett versammelt, und jeder sagte mir auf seine Art, wie lieb er mich hatte.

Ich fing zu lächeln an und spürte, daß unsere Familie ein großer Tanker ist, beladen mit Liebe, Zusammenhalt und vielen kleinen Freuden.

Da fällt mir Onassis ein.

Seine Tanker hatten nur Öl an Bord.

Um wie vieles bin ich reicher als er ...

Weitere Buchtitel

LESANI
MEDIENVERLAG

Rheinfährstr. 201
41468 Neuss
Tel. 0 21 31 / 34 94-0
Fax 0 21 31 / 34 94-99
Internet: http://www.Lesani.de
e-Mail: Info@Lesani.de

SILKE GÜNSTER/
JOACHIM GÜNSTER

## Codename Hase

### Oder

## So erreichen Sie Ihre Ziele mit Sicherheit

Sachbuch

Erschienen im
LESANI Medienverlag
1. Auflage 1996
ISBN 3-9805045-0-6
Festeinband mit Schutzumschlag
240 Seiten
24,80 DM / 23,00 sFr / 184 öS

Jeden Tag treffen wir Menschen Entscheidungen – bewußt und unbewußt.

Das fängt damit an, wann man aufsteht und wie man aufsteht, ob man einen neuen Job annimmt oder nicht, ob man heiratet oder nicht, bis hin zu anderen kurzfristigen Überlegungen wie: »Was schenke ich meiner Mutter zum Geburtstag?«

Geleitet werden diese Entscheidungsprozesse oft aufgrund fest etablierter Programme, die dazu führen, daß die eine oder andere Entscheidung im nachhinein bereut wird. Deshalb erreichen Sie Ihre Ziele auch oft genug nicht oder nur per Umweg.

Dieses Buch geht den etablierten Entscheidungsprozessen auf den Grund und eröffnet Alternativen. Es hilft Ihnen, eigene und bessere Entscheidungen zu treffen und Ihre Lebensqualität zu erhöhen. Was bis gestern nicht funktioniert hat, wird morgen endlich zum langersehnten Erfolg führen.

Dieses Buch zeigt Ihnen wie. Sie lernen einfache, neue Wege kennen, die Ihr Leben sofort und unmittelbar bereichern und verbessern.

# Vorankündigung

JOACHIM GÜNSTER

## Der rücksichtsvolle Egoist

**Oder**

## Der Weg zur glücklichen Partnerschaft

Sachbuch

Joachim Günster
Der rücksichtsvolle Egoist
oder:
Der Weg zur glücklichen Partnerschaft
Ein Buch für Frauen und Männer
ISBN 3-9805045-2-2
Festeinband mit Schutzumschlag
ca. 19,80 DM / 19,00 sFr / 145 öS
Erscheint in Kürze

Genau in der mexikanischen Bar, in der er seine Frau kennengelernt hat, versandet der Held dieser Parabel und läßt sich sinnlos vollaufen. Der Grund: Er hatte wieder einmal einen häßlichen Streit mit seiner Frau, obwohl sie einander liebten. Davon war er immer noch, zumindest meistens, überzeugt.

Die Verzweiflung mußte ihm wohl im Gesicht geschrieben stehen, denn der Barkeeper offeriert ihm Hilfe. Hilfe in Form einer Adresse und der ersten von vielen Lebensweisheiten und Erfahrungen, um eine glückliche Beziehung zum anderen Geschlecht zu erleben. Der Held faßt sich ein Herz und kontaktiert den vom Barkeeper empfohlenen Ratgeber. Dieser behauptet von sich, ein »rücksichtsvoller Egoist« zu sein und zu wissen, wie eine glückliche Partnerschaft funktioniert. Er erklärt sich bereit, dem armen verzweifelten Ehemann zu helfen. Es ist allemal einen Versuch wert, zumal der Barkeeper ihn als einen »Meister der Ehe« bezeichnet.

Nach und nach, in einer spannenden Odyssee durch den Alltag, lernt der Held dieses Buches die notwendigen Grundlagen, um seine eigene Beziehung von einer »Fast-vor-der-Trennung-Beziehung« wieder in eine wunderbare, glückliche Partnerschaft zu verwandeln.

Der rücksichtsvolle Egoist ist eine moderne Sage, die gerade in der heutigen Zeit, wo die meisten Beziehungen nicht mehr so richtig laufen und die Scheidungsrate neue Rekordhöhen verzeichnet, zur Besinnung aufruft. Die althergebrachten Modelle über Partnerschaft und Ehe funktionieren nicht mehr: Neue Männer (und Frauen) braucht das Land. Menschen, die mit offenen Augen und Ohren an die Herausforderung, zu zweit zu sein, herangehen.

In diesem Buch wird ein möglicher Weg aufgezeigt. Es ist einfach zu verstehen, sofort anwendbar und spannend zu lesen. Der rücksichtsvolle Egoist lädt den Leser ein, die Abenteuer der Titelfigur simultan mitzuerleben und alle neuen Erkenntnisse im eigenen Leben anzuwenden. Der Erfolg ist garantiert.

Natürlich wird der Held der Geschichte selbst zum rücksichtsvollen Egoisten und hat nichts Eiligeres zu tun, als die Geschichte des rücksichtsvollen Egoisten als lehrreiches Beispiel allen anderen Menschen, die mit und in ihrer Beziehung nicht zufrieden sind, zu erzählen.

# Vorankündigung

JOACHIM GÜNSTER

## Success

Ein Nachschlagewerk für erfolgreiche Menschen und alle auf dem Weg zum Erfolg

Sachbuch

ISBN 3-9805045-4-9
Festeinband mit Schutzumschlag

Wer kennt nicht die Geschichten der Neffen von Donald Duck und seinem geldgierigen und ausbeutenden Onkel Dagobert? Eben jener Dagobert, der mit Vorliebe in seinen Dukaten badet und seinen Neffen Donald immer wieder aufs neue benutzt, um seinen eigenen Reichtum zu vermehren.

Doch oft genug sind auch der tolpatschige, aber immer wieder liebenswerte Donald und sein gerissener Onkel Dagobert mit ihrem Latein buchstäblich am Ende, und die Geschichten, die die wilden Abenteuer der beiden widerspiegeln, scheinen sich dem bitteren Ende hin zu neigen.

Fast immer jedoch, ob in fernen Ländern oder im Weltraum, sind es die drei kleinen Neffen der beiden, Tick, Trick und Track, die die Situation retten. Immer kurz vor der vermeintlichen Katastrophe und immer wieder, weil sie ein Buch besitzen, das offenbar alle Geheimnisse dieser Erde aufzulösen vermag. Ein Pfadfinderhandbuch, dessen Inhalt eine Lösung für jedes Problem und jede Lebenslage bereithält. In diesem Buch lesen die schlauen Pfadfinder vom Fähnlein Fieselschweif, warum der Zauberspiegel Eisen in Gold verwandelt; wie das geheime Zauberwort lautet, welches den Geheimgang in einem alten schottischen Schloß öffnet; warum die Bewohner der Planeten Xirus 3 Donald Duck zum König küren, und hunderttausend andere interessante und lebenswichtige Dinge.

So ein Pfadfinderhandbuch – das wär's!

So etwas gibt es nicht, sagen Sie. Das gibt's nur im Comic oder im Kino, sagen andere. Und alle haben recht. Seit Generationen sind die Menschen bestrebt, dieses Buch zu finden. Alchemisten, Zauberer und Magier versuchten schon alles, um hinter die Geheimnisse des Lebens zu kommen. Wie kann man Eisen in Gold verwandeln; ewige Schönheit und Jugend bewahren; Geld ohne Ende besitzen und natürlich auch den Traum vom ewigen Leben erfüllen?

Keiner hat dieses Buch, welches sehr ähnlich dem Handbuch der Fähnlein Fieselschweif zu sein scheint, je gefunden. Keiner wird es jemals finden.

»Success – Das Handbuch zum Erfolg« erhebt nicht den Anspruch, ewiges Leben oder immerwährende Schönheit zu liefern. Dieses Handbuch ist nicht mit Trick, Tick und Tracks Handbuch zu vergleichen, denn es liefert keine Antworten auf gezielte Fragen. Dennoch ist es wiederum dem Pfadfinderhandbuch der drei ähnlich, liefert es doch in jeder Lebenslage einen Ansatz, der es dem Leser ermöglicht, diese spezielle Situation einmal ganz anders zu betrachten. In dieser speziellen Situation einmal anders zu handeln als bisher und anderes zu erleben als bisher.

»Success« ist kein aufbauendes Werk, das man Seite für Seite lesen muß, um am Ende mit einem Aha den Umschlag zu schließen und dann alles so zu machen, wie es im Buche steht. Dieses Handbuch ist ein Handbuch und universelles Nachschlagewerk – für jede Lebenslage. Sie können es in einem durchlesen und dabei jede Menge Spaß haben. Sie können es jedoch auch Kapitel für Kapitel verschlingen und sich die Leitsätze heraussuchen, die Ihnen jetzt gerade wichtig sind und zu der jetzigen Situation Ihres Lebens passen.

»Success« ist wie ein Kochbuch. Wenn Sie mal etwas ganz Besonderes kochen wollen, dann können Sie ganz einfach das spezielle Rezept nachlesen und sich selbst und Ihre Umwelt mit einer völlig neuen Kreation Ihrer Kochkunst überzeugen.